D+

dear+ novel

mellow rain kanzenban 1 ・・・・・・・・・・・・・・・・・・・

メロウレイン完全版 上

一 穂 ミ チ

新書館ディアプラス文庫

メロウレイン完全版 上

contents

illustration：竹美家らら

| Kazuaki×Sei |

アフターレイン

MELLOW RAIN

[futtara doshaburi] complete editon

アフターレイン

そろそろ本気で夕飯の準備をしないと（外食にしろ内食にしろ）空腹で動けなくなりそうだった。家の食糧で食べでのあるものといえば一顕《かずあき》が持ってきたすいか丸ごとで、メインディッシュとしては遠慮したい。

「何食べたい？」と一顕が尋ねる。

「つーかこのへん、どんな店あります？　俺全然知らないから。別に電車乗って出かけてもいいけど」

「ちょっと待って、考える」

整《せい》は結構真剣に自分の胃袋と対話した。腹が減っているからこそ、妥協はしたくない。何も考えないまま外に出ると、とりあえず目についたもので「これでいいや」とか言ってしまいそうだ。人でも物でも、自分が本当に欲しているもの、をちゃんと見つけるのは案外難しい。

一分くらいで結論が出た。

「手巻きずし。手巻きずしが食べたい」

「……すし屋で？」

「家で。スーパーで好きなの買って、超巻きたい」

「超すか」と笑われた。

「そう。ほんのりあったかいすし飯に、海鮮とか卵焼きをのっけてぶ厚い海苔《のり》で巻いてばりばり音立てながら食べたい」

わさびじょうゆと、ちょっとマヨネーズとかも使ってジャンクに、とか言ってる端から胃がぎゅうっと縮《ちぢ》んで鳴り出しそうだった。「くそ」と一顕が若干《じゃっかん》悔しそうな顔になる。

「俺まですっかり口ん中が『手巻きずし待ち』になっちゃったじゃん。食いてー」

「俺のプレゼンも捨てたもんじゃないな」

でも作り方がわからないんだけど。

「とりあえず米炊《た》けばいいの？　水の量ってどうすんだっけ」

「いや、市販の酢飯《すめし》の素《もと》みたいなの使えば普通に炊いといてよかったような……」

お互いに心許《こころもと》ないのでネットで下調べをして、炊飯器をセットしてからスーパーに赴《おもむ》いた。

「半井《なからい》さん、酢飯冷ます桶《おけ》みたいの持ってんすか。でかい皿とか」

「ないよ。でもスーパーの二階に売ってると思う」

「また買うんすか」

「またって？」

「いや、たらいとか桶とか、そういう日常的に使わないものを」

「ほんとだ。でも、限られた用途の道具がちゃんとある家って、何かよくない？」

「どういう意味？」

「巻きずし巻く、すだれみたいなやつとか、クリスマスツリーとか、正月の飾りとか」

「季節の行事ものとは違うんじゃないすか。そういえばうちの実家には、柑橘類《かんきつるい》の皮剥《む》くためのピーラーありますけど」

「何それ」

「いよかんとかはっさくとか、そういう固い系に使うやつ。あれば確かに便利なんですよね。ハンズの便利グッズ売り場みたいなので母親が買ってきた」

「萩原《はぎわら》のお母さんってどんな人？」

「えー……どんな、って改めて訊かれると困るな。ふつー、ふつーの主婦。父親はふつーのサラリーマンで、兄貴もふつーのサラリーマン」

「ふーん」

「あ、今度うち来ます？　何もおもしろいものはないすけど」

「ピーラーくらい？」

「そうそう」

うん、って即答していいものかな、整はすこし迷った。もちろん「同僚」という肩書きでお邪魔するに過ぎないのだろうけれど。逡巡《しゅんじゅん》を見透かして一顆は「軽い気持ちでいいんすよ」とつけ加える。

「……うん」

「その代わり、って言ったらなんですけど、今度、半井さんが墓参りとか行く機会があったら連れてってください」

「……うん、軽い気持ちで来て」

「それは駄目でしょ」

否定しながら一顕は軽く笑ってみせて、その横顔にちょっと見とれてしまった。外見だけじゃなくていい男だな、と若干感動さえ覚えながら。こんなこと、さらっと言えないよ普通。

スーパーの自動ドアが開くと、エアコンの冷気が流れてきて気持ちがいい。夜でも、十分少々歩くとじわっと汗をかいた。

「具、何がいい?」

と意向を伺うと、一顕は即答した。

「まぐろ」

「ほかには?」

「まぐろ。気持ち的にはそれ一択です」

「え、そんなにまぐろ好きだった?」

「うん」

「でも、前すし屋行った時、いろんなの食べてたじゃん」

「子どもっぽくて恥ずかしいから。回ってるすしならまだ平気かな……。まあ、それでも最初と最後はまぐろ頼みましたよ。まぐろで始めてまぐろで締めるみたいな」

「子どもかな」

「子どもっつーか、何すかねえ、体裁《ていさい》悪いって感じ……焼肉屋でだってカルビばっかり延々注文しないじゃないすか。野菜も食っとくかとか、そういう。バランスよく食べなさいって言うでしょ、親」

「確かに。いろんなお友達つくりなさいとか」

「あー、あるある。気が合う合わないって幼稚園頃から感じてるのに、あらわにすると叱られるんですよね」

「選択肢を培《つちか》う時期だと思ってるんだよ」

と整は答えた。

「合わないと思ってたけど意外に仲よくなれることだってあるし、幅を広げておくっていうかさ」

その中から、何かを選ぶ（イコール何かを選ばない）、という学習もしていくのだ。

「なるほど」

頷いてからちょっと笑って「半井さん、最初俺のこと嫌いだったでしょ」と訊く。

「お前こそ」

「合わないなとは思ってた」

「お互いにな」

ふしぎだ、という感慨を沈黙の中で共有した。

「……大人になってよかった」

かごを片手に野菜売り場の向こうの生鮮コーナーに向かう。たまには好きなものばっかり食べたって、誰にも怒られないんだ。好きな人とばっかり一緒にいるとか。

「半井さんは何希望？」

「俺もまぐろ」

「あ、そうなんだ」

「ただし加工品のほうな。ツナマヨ」

「子どもだ……」


プレーンなまぐろと、ねぎとろ、アボカドと和《あ》えたもの、卵黄とごま油でユッケ風……一顕の希望どおり、まぐろメインでそろえた。家に帰ると炊飯器はふくふく白い蒸気を立ち昇らせ、狭い台所じゅうに米の炊けるいいにおいがほこほこ満ちていた。

「やべー、めちゃめちゃ腹減ってきた！」

買ったばかりのすし桶で一顕がすし飯を仕込んでいる間、整は卵を焼いて豆腐の吸い物を作った――と言っても市販の顆粒《かりゅう》だしに塩としょうゆを少々加えただけだ。狭い台所でそれぞれの作業を進めながら、ちっとも窮屈《きゅうくつ》じゃないのに気づく。肘《ひじ》が触れたり、横歩きですれ違ったりしても、何となく呼吸が合うというか、不協和音が立たない。一緒に暮らしたこともないのに、どうしてだろう。すこし驚いて、たくさんほっとした。こういうリズムって、セックスして気持ちいいのと同じくらい大切だと思うから。

ふたりきりで遅い食卓を囲む頃には空腹のピークが過ぎ去り、食べたいんだかそうでもないんだかわからなくなっていたが、温かなすし飯と具をくるんだ海苔に歯を立てるとたちまち胃液が湧いてきて、しばし無言で集中した。一顕もそうだった。

人心地がついてから、ようやく「ビール出そうか」と言った。

「うん」

缶を二本出してそのまま乾杯する。

「手巻きずしとか、超久々だけどうまいすね」

「でもすいかの存在を忘れんなよ」

「……ノルマは？」

「ふたりで四分の一、を今晩とあしたの三食」

で、完食。

「あ、そのくらいならいけそう」

当たり前みたいな会話に、思う。あしたの晩までは一緒にいられる。一顕も同じことを考えていてくれたらいい。一顕のビールには、一顕の指の跡がついている。うっすらアルミ缶を覆《おお》っている霜《しも》が、そこだけ溶けている。そこにも一顕がいる。嬉しい。

一顕が言う。

「手巻きずしって、基本ひとりだとしないですもんね。外食はひとりでもできるけど」

そんなに深く考えていたわけじゃないけど、でもそうなのかもしれない。結構たくさん一緒に飲み食いしてきたけど、家は初めてだった。きっと、これからたくさん積み重ねていくうちの「初めて」。


九月の半《なか》ば、会社のエレベーターに大きなポスターが貼られていた。筆文字で「社食市場!!」と縦一直線にふとぶと書いてある。それと重なるように、大きなまぐろのイラスト。

『社員の皆様の営業努力に感謝し、ささやかではありますが還元《かんげん》イベントを行います』

その内容は、豊洲《とよす》から買い上げたまぐろを社員食堂に持ち込み、板前を招いての解体ショー&まぐろ食べ放題——らしい。

何だこりゃ。告知の文面を読み切る前に、エレベーターが到着してしまった。

『あー、俺俺』

その晩、整と電話した時ふと思い出して尋ねてみるとあっさりそう答えた。

『ほら、前に話しただろ？　企画考えなきゃいけないって。萩原がまぐろ食べてるの見て、ふっと思い浮かんだんだよな。それで適当な企画書出したらあっさり通っちゃって。社長がすごい乗り気で「俺はわさびおろす係な！」って張り切ってた』

「はあ」

『俺も課長に褒《ほ》められたし。半井がこんな遊び心のあるアイデア出すとは思わなかったなって。どうしよう、出世しちゃったら』

それはおめでとうございます、ていうか。

「……やんの、昼休みじゃん」

『当たり前じゃん』

「俺、昼休み会社にいることなんてほとんどないんですけど！」

『昼だけこっそり戻ってくれば』

「むり、てか来週金曜だっけ、たぶん日帰り出張入ってる」

『そっか、残念だな』

「あんまそうでもなさそうな口調すね」

『いやそんなことないけど、仕事ならしょうがないじゃん。せめて写真だけでも送ろうか？　とろのあたり、がっつりと。解体の動画いる？』

「食えもしないのにいらねー！　これって、俺が全社員にまぐろごちそうするようなもんじゃない？」

『一銭も払ってないだろ』

「だって俺発祥のアイデアじゃないすか。ありえない……」

『え、なに萩原、まじですねてんの？』

「さあ」

『さあって』

三分の一くらいは悔しい。残りは、この他愛《たわい》ない会話を長引かせたいのと、「じゃあふたりで食べに行こう」と言ってくれるのを待っている。


『今東京駅』

午後十時を回った頃、一顗から短いメールが入った。電話しようかと思ったが、ひとりじゃないかもしれないので整もメールで返す。

『ひとり？』

『解散してひとりになったとこ。半井さんは？』

返信に心置きなく電話をかけた。

「お疲れ、おかえり」

『うん。家？　だったら今から行っていい？』

「いや、会社」

『残業？』

「そうでもないんだけど、とにかく会社だから、萩原も来て。総務まで」

『何で？』

いいから、と強引に押し切って通話を終了させると、三十分足らずで釈然としない顔の一顕がやってくる。

「……また閉じ込められてんのかと思った」

「違うよ」

こっち、と衝立《ついたて》で仕切られたささやかな来客スペースに引っ張って行く。そこには部で費用を出し合って買った冷蔵庫が置いてある。フロアで共同の給湯室にも設置されてはいるが、容量がちいさいため陣地の奪い合いが発生するのだった。

「……発案者の特権」

扉を開けて、タッパーを取り出す。蓋《ふた》をずらして中身を覗かせてやると一顕は「まじで？」と声を上げた。

「まぐろ、ヅケにしてもらって横領《おうりょう》しちゃった」

「半井さん最高っす」

「だろ。腹減ってる？」

「減ってる減ってる。新幹線でビールのつまみくらいしか腹に入れてないから」

「コンビニでレトルトご飯買ってこようか」

「いや、もっとおいしく食べましょう」


「困るんだよねー、こういう要求はさー」

と足立《あだち》がぼやく。

「言っとくけどまぐろにつられた時点でお前も共犯だから」

「だって社食行ったら長蛇《ちょうだ》の列だったし。俺、並ぶの嫌い」

足立と一顕、それから整は企画開発部にいた。三人の目の前では、この秋新発売の最新型炊飯器が早炊きモードで米を膨《ふく》らませている真っ最中だ。

「お前らいつもこんなことやってんの？」

「人聞き悪いな、萩原くんたっての希望で特別に新米の試食会を開いてるだけですから……お、炊けた。三層釜《さんそうがま》のおいしさ、味わって食べてよ」

釜が偉いのか足立の水加減がうまいのか、湯気の中から現れた白米はしっかりと粒が立ってつややかだった。特製のたれにじっくり漬かった赤身を載せて一緒に食べると、三者三様の「うま」が洩れる。

「日本に生まれてよかった」

と一顕がしみじみつぶやいた。

「うんうん、死ぬ前の走馬灯《そうまとう》に浮かんできそうなレベルだよね」

「何だそりゃ」

ひと気《け》のない社内で、雑談しながらこっそり夜食を食べていると妙に懐かしい気持ちにさせられた。

「……文化祭の前日とかに教室でお菓子食ってる時みたい」

何となくそこにいる面子《メンツ》で、何となく帰りがたくて、特別に引き伸ばされた放課後の中にたゆたっていたあの感じに似ている。

「へー、半井くんて文化祭の準備とかまじめにやるタイプだったんだ。見えないけど」

「なぜかさぼってると目立つみたい」

「あー、アンニュイな雰囲気あるもんね、必要以上にやる気なく見えんのかも」

「いるじゃん、要所要所で働いてるように見せかけながらうまく手抜いてるやつ。ああいうのがへただった」

「足立は得意だろ」と一顕。

「え、どーゆー意味？　ていうか萩原って恩知らずだなー」

「何だよ」

「彼女と別れて以来元気なかったからいろいろ誘ってやったのに全然乗ってこなくて、そんで勝手に復活したと思ったら俺のことをこうして都合よく使ってるじゃん」

「いろいろって」

一顕が顔をしかめる。

「合コンかキャバか風俗の三択だったじゃねーか」

「失恋にはそれがいちばんでしょ」

「何でだよ……」

「あ、ボウリングとかバッティングセンターでも誘えばよかった？」

「足立と汗流すなんて気持ち悪い」

「あーまたそういうこと言う」

そうか、と整は今さら思う。

こいつ、元気なかったんだ。没交渉だった期間の一顕を知らない。自分を顧《かえり》みればそれは想像にかたくないが、第三者の証言として聞くとリアルだった。

元気なかったけど、今は元気になったんだ。よかった。


余ったごはんはおにぎりにして分け合い、後片づけをすませ、今度こそ家に帰るのかと思いきや、一顕は「ちょっと」と言って総務のフロアまで戻った。置いてきた荷物なんてなかったはずだけど。

「なに？」

「こっち」

手を引かれた先はリフレッシュスペースだった。

「何飲みますか」

「え、ああ」

促《うなが》されるままカップベンダーの温かいコーヒーをチョイスし、一顕も同じボタンを押した。並んで窓の外を眺める。オフィス街の明かりもこの時間だとかなりまばらだ。向かいのビルにぽつぽつともる光は、紙コップのふちから昇る湯気ですこしかすむ。このあたたかな空気も空まで届けばやがて雲の一部になって雨を降らせるのだろうか。

一顕が言った。

「やり直したくて」

「え？」

「前、ここで別れた時、本気で悲しかったし悔しかったからいい記憶で上書きしとこうと思って——笑うなよ」

「笑ってないって」

「笑ってる」

「わかんないよ」

そうだな、悲しかったし悔しかったな。もう駄目だと思ってたし、先も見えないのに踏み出した愚《おろ》かな一歩を後悔してもいた。

でも今、傍《そば》にいる。同じ場所に、同じだけど同じじゃないふたりで。やり直したくて、と言った一顕は、やり直せることなんてないと痛いほどわかっているだろう。叶わないと知っている望みは、その無為《むい》こそがいとしい。

「もっと上書きしようか」

「うん」

頷いた一顕の唇に唇を寄せる。触れ合う。手の中のコーヒーがぬるまって水蒸気を吐き出さなくなるまで。

雨の日と日曜日は

ざあ……と表からはローテンションな拍手みたいな音が聞こえてくる。整《せい》は目を開け、腰に回った一顕《かずあき》の腕をそうっと剥《は》がした。雨の朝の、ねずみ色した明るい暗さだ。あるいは暗い明るさなのか。その鈍《にぶ》い光が射してくる方向がいつもより違うことに一瞬、あれ、と違和感を覚え、そうだ萩原《はぎわら》の家だ、と納得した。

うつぶせに枕元から伸び上がって、出窓に取り付けられたブラインドにぺきりと指を掛けて雨足を窺おうとしたら、脱力しきっていたはずの一顕にぐっと引き寄せられた。

「わっ」

「……どこ行くの」

「どっこも行かないって」

まだ半《なか》ばは夢の中らしく、声の輪郭《りんかく》がとろりとゆるかった。まどろみながら、整が動く気配にだけ反応して甘えているのだと思うと、この、いい年の（同い年だけど）男がやけにいじらしく見えてきて困る。

横を向き、ベストなポジションを探る。シーツを横断するもう片方の腕に頭を預け、胸に背中を預ける。こういうの、スプーンハグって言うんだっけ。

「雨降ってるよ」

「うん」

「きょう、出かけるつもりだった？」

「んーん」

「じゃあいっか、別に」

「うん」

この頃はだいぶ涼しくなって、うすい掛け布団では肌寒いくらいだけど、誰かと一緒に眠るならちょうどいい。雨の日曜日の巣ごもり。

「はぎわらー」

「んー？」

「俺はちょっとびっくりしたんだけど」

「なに？」

眠気のせいで、一顕の声は億劫《おっくう》そうだった。整にはそれがおもしろい。うとうと半眼になっている犬猫を構うのが楽しいのと似ている。

「何でダブル？」

「何が」

「ベッドが」

引っ越すにあたり、それまで使っていたシングルを持って行ったのだとばかり思っていた。まあ、単に広々眠りたいだけの話かもしれないけれど。

「……わるい？」

「悪くないけど、ちょっと意外だったわけ。俺とこうなる勝算つーか見込みがあったんなら、余裕だなって」

ちなみに整のベッドはセミダブル、買う時にたまたま在庫品限りでシングルより安かったからだ。

「じょーだんじゃねーよ」

一顕はすこしふてくされたようにぎゅっと力を込めた。

「自信なんかなかったけど、でも、万が一のラッキーの時にベッド狭いからちょっとドンキで新しいの買ってきます、なんて言えねーじゃん」

「そりゃそうだ」

「だから……願掛けみたいなもん」

「ここに来ますようにって？」

「うん」

今度は、今度こそ何かに隔《へだ》てられずに夜を過ごせますように。離れずに、別れずに。

「……叶った？」

「すごく」

すごく叶った、っていうのもおかしな表現だけど、すごく伝わってきた。

「……ん、」

耳の裏にぐりぐりと鼻先を突っ込んでくる一顕はやり取りの間にだいぶ覚醒してきたらしい。

「くすぐったいって」

「半井《なからい》さんが起こしたくせに」

「寝たまましゃべってくれててよかったんだけど」

かわいいし。

「できるか」

「ていうかね」

「うん？」

「さっきからあたってんだけど」

もちろんこんなのは興奮じゃなくて単なる肉体の現象に過ぎない——少なくとも今は。

「……朝だし」

「まあなあ」

雨だし、予定はないし、ベッドだし、裸だし。くっついてるし。

ふたりだし。

ふたつの身体を固定するためだけだった腕が動き、その先にある指が素肌をあちこち探り始める。

「あ……」

整の吐息は、まだ雨音よりかすかだけれど、きっとすぐに。

大人の運動会は、雨天《うてん》のほうが何かと好都合だったりする。

| Kazuaki×Sei |

MELLOW RAIN

[futtara doshaburi] complete editon

秋雨前線

きいろい星

三人で飲んでいる最中、足立《あだち》が唐突に言った。

「あ、俺、今度結婚することになりまして」

「は？」

今度ハワイ行くんだ、とかより「とっておき感」のうすい報告に整《せい》は耳を疑ったし、それは隣に座っている一顕《かずあき》も同じらしかった。

「誰と？」と整が尋ねた。

「誰とってそんな、今現在おつき合いしてる人に決まってるじゃないですかやだなー」

「何か、三日前に知り合いましたって女と結婚するほうが足立くんらしいような気がして」

「やめてよ、頭おかしい人みたいじゃん」

「いやそれ、何となくわかる。ていうか結婚て……何で？　お前、最低三十までは好きに遊ぶって言ってたじゃん」

一顕の問いに、「いやーまあそのつもりだったんだけどねー」とあくまで軽く返す。

「急いで結婚しなきゃいけない理由なんてひとつしかないでしょ、察してよー」

それくらい当然思いつく、が、いいのかそんなノリで。

「……おめでた？」

できちゃった、だと失礼なので精いっぱいソフトな表現を用いたというのに、本人は「できちゃったんだよねーこれが！」と何の悲壮感も漂わせず額を叩いてみせるのだった。かといってやけくその空元気《からげんき》、というわけでもなさそうだし。

「それは……」

「おめでとうございます」

自分たちのほうが何だか神妙になってしまって、ぎこちなく祝辞《しゅくじ》を述《の》べる。

「どーもどーも。でもおっかしーなー、俺、一度たりともノーゴムでやったことはないんだけどなー」

おまえ、と一顕が絶句した。

「まずいだろ」

「ずれたり破れてたりって記憶もないし……はめられちゃいましたかね？　はめちゃってはめられちゃいましたかね？　はっはー」

いや全然笑えないから。

「仮に、ゴムに穴空《あ》けられてて、だったらまだいいけど、いやよくないけど、もしかして、もしかしてだよ……」

と、さすがに人さまの彼女だからそれ以上の可能性について言及しにくい。けれど足立はまたしてもあっさりと、いっそ他人事《ひとごと》みたいに続きを引き受ける。

「あー、最悪俺の子じゃなかったらって？　そん時はドンマイ！　ってことで！」

「ドンマイは俺たちの台詞《セリフ》だから」

「あーんまぐちゃぐちゃ考えてる暇ないんだよー実際。とりあえずあした彼女んち行って親父さんに殴られてこなきゃだろ、自分の親にもまだ話してないし、多少腹出てても式やりたいって言ってるし、あーでもまず籍だな。何か母子手帳の名字とかいろいろあるみたい」

指折り数えながら列挙《れっきょ》する項目はすべてが超のつく重大ごと、かつ尻込みしても無理ない行事。この現実の前にどんな言葉がかけられるだろう。しかし、足立がもてる理由はわかる、と整は深く納得した。この、底抜けで蓋《ふた》もないという突き抜けた性格。こっちを向かせたい、と意地になる女は多そうだ。「攻略」に近いものがある。

「あの……会社への書類手続きとか、わかんないことあったら何でも訊いて」

「さっすが総務。俺、そういうの全然駄目だから、まじ頼っちゃうね」

「えーと、あ、じゃあお代わり頼もうか、グラス空《から》だし。何にせよ祝いごとなんだから乾杯しよう。ビールでいいよな？」

一顕がさすがの調整力を発揮し、生を三つ注文した。

「足立も女遊び卒業か」

「いや遊びますよ、ほどほどには。急にやめたら却《かえ》って身体に悪いっしょ」

「ほんと悪びれねーな……」

「でもこういうタイプに限って、子ども生まれたらでれでれになって興味失うかも」

笑いながら言った言葉に、瞬間、自分ではっとしてしまった。誰の未来だったたっけ、と。気づけば長年、結婚についてなど考えていない、というか社会に出る手前で人生のルートが大幅にずれたので、一度もない、というほうが正しい。

一顕は違う。同棲をした段階で、かなり現実的に結婚という未来を視野に入れていただろうし、その先には当然「子を持つ」ビジョンがあったに違いない。整がいなくても、かおりとは駄目になっていたかもしれない。でも「その次」が男か女かで、人生は全然違ってくる。ただでさえ大きな転換点に差し掛かるお年頃だ。びっしり結露《けつろ》するジョッキを透《す》かして見るビールみたいに、どんな道行きだって等しく不透明ではあるけれど——。

「半井《なからい》さん、ビールきましたよ」

「うん」

……別れるつもりもないくせに、こんな迷いには意味がない。悩みをもてあそんで楽しんでいるに過ぎない、と整は自分を戒《いまし》めた。どうするかは一顕が決める問題なのだから。こいつが男でよかったな、と思う。子どもを持つリミットが女ほどにはシビアじゃない。

「じゃ、改めて、足立の新しい門出《かどで》に」

おのおのグラスを持ち上げたところで、突然、でかい声が割って入った。

「萩原《はぎわら》！」

「あ——お疲れさまです」

「何だよここで飲んでたのかよー」

「偶然すね」

「お前にこの店教えたの俺だろー」

「あ、そうでしたっけ？」

「お前、いつからそんなに偉くなったんだよ」

「や、そういう意味じゃないですって——……あ、えっと、営業の先輩です」

と、後半は整に向けて説明した。子どもみたいに頭をくしゃくしゃされながら。足立は、顔つきを見るに面識があるらしい。呆気《あっけ》にとられていたのはどうやら自分だけだ。一応社内の人間として自己紹介くらいすべきかなと思ったが、向こうはすがすがしいほど整に興味を示していないのでこちらも倣《なら》うことにした。

「何飲んでんの？　ビール？　じゃあ俺もそれにする」

空《あ》いた席に腰を下ろし、勝手にオーダーしてしまう。おいおい。隣にやってこられた足立は諦めきった、というか半《なか》ば予想していた風情《ふぜい》で、一顕はといえば「まいったな」という表情、でも表立って文句を言うでもない。そんなかしこまった席でもないし、全員同僚だし、営業部の力関係というのは、事務系の整が思うよりずっとかっちり固定されているのだろう。

「お前、昔『白州《はくしゅう》』のこと『しらす』って読んだの覚えてる？」

「えーもう、忘れてくださいよ。新入の時の話じゃないすか。ウイスキーなんか飲んだことなかったんですよ」

「ウイスキーだけかぁ？　『神《かん》の河《こ》』もそのまま『かみのかわ』っつってたし。でもあれで得意先に名前覚えてもらってかわいがられるようになったから、わざとだったんじゃねえのかって今でも思ってんだけど」

「わざとあんな恥かきにいかないすよ……」

ほか二名のことなど眼中にもなさそうなのを幸い、整は無遠慮な視線を走らせる。学生時代はスポーツに熱中してましたって感じの体格、短く刈られた硬そうな髪、左手には——しっかり指輪がはまってる。そう、いかにも堅実な、現実的な結婚をしていそうなタイプ。妻は、子どもがある程度大きくなったらパートに出て、家も買うし、テーマパークの年間パスポートも持っているだろう。間違っても後輩に性的な関心などありはしない。

でも、何でそんなに顔近づけてしゃべりたがるかな。へんに下心があるより、べたっとして気味が悪い——と思う自分の心が嫉妬で濁《にご》っているだけか。

「すいません、ちょっと電話が」

内ポケットを探りながら席を立ち、化粧室の前で足立にメールを打った。

『キモい』と一言。

すぐに足立が、笑いを噛み殺してやってくる。

「気持ちはわかるけどさあ、半井くん顔に出すぎっしょ。ま、向こう気づいてないからいいか」

「だって距離感おかしいし、そもそも声かけるタイミングがひどいだろ、ちょっとは空気読めよっていう」

「萩原しか見えなくなっちゃったんじゃない？　あの人、ほんと萩原大好きだからさー。へんな意味じゃないよたぶん。妻子持ちだし」

あ、やっぱり。

「ずっとあんな感じなんだよね。まあ買われてるってことなのかな？　彼女いた時は、一度会わせろ会わせろってしつこかったし。萩原もバカじゃないから、そのへんは適当にかわしてたみたいだけど」

「そうなんだ」

「だって顔合わせしたが最後、向こうの嫁巻き込んだつき合いに発展させられるか、姑《しゅうとめ》みたいな目線で品評されるかでしょ。重い。結婚して子どもができようものなら名づけに噛もうとするよね絶対。たまーにいる、体育会系粘着《ねんちゃく》質の典型って感じ。同性に精神的な執着示すタイプ。ああいうのって彼女とか奥さんじゃ駄目なんだろうね」

「……足立くん、結構言うね」

「え、だって男を優しい目で見る必要なんかないでしょ」

真顔で言い切られてしまった。

「それに俺、別にあの人のこと嫌いじゃないよ。好きでもないけど。ふだん関わりないし、悪人じゃないし。ＰＴＡとか町内会の用事を張り切ってやってくれそうじゃん。こういう人がいてくれるから世の中って回ってるんだなーって感心してる。じゃ、そろそろ戻ってるから、適当に時間差で来て」

「うん」

足立がぽんぽん言ってくれたおかげで、だいぶ溜飲《りゅういん》が下がった。整にガス抜きさせるための放言だったのなら、つくづく頭と気の回る男だ。

しかしテーブルに戻ると、くだんの先輩はちゃっかり整の席（つまり一顕の隣）に陣取っていて、こめかみがぴきっとひび割れるのを感じた。しかも煙草まで喫《す》ってるし。それで、口から出るどんな話題も「俺がいかに萩原に目をかけてきたか」「どれだけ萩原のことを知っているか」でオチがつく。一体誰に対する縄張りアピールなんだよ。俺？　俺か？　いっそ恋愛感情のほうがすっきりする。

幸い、招かれざる客は元いた集団に呼び戻されてほどなく離脱したけれど、とどめにむかついたのは「足しにして」と一万円置いていったことだ。気遣うポイントが違うだろが。その手の「悪いやつじゃなさ」っていっそうもやもやする。

「あ、そうだ」

気まずいムードを払拭《ふっしょく》しようとしてか、一顕がやけに明るい声を出した。

「こないだ、出張の時にこれ見たんすよ」

携帯の写真フォルダを開いてみせる。何やら黄色い列車が映っていた。ひまわりみたいに鮮《あざ》やかな色の車体にブルーのライン。

「お」

足立は反応して身を乗り出したが、整にはそれが何なのかわからなかった。

「ドクターイエローじゃん、どこで撮ったの？」

「名古屋。すれ違ったことはあったんだけど、駅停まってるとこ見んの初めてで軽く興奮した」

「それでちょっとぶれてんの？」

「親子連れに場所譲らなきゃって焦《あせ》ってたから」

「ドクターイエローってなに」

盛り上がりに水を差す問いに、一顕も足立も「え」という顔で整を見た。そんなに常識なのかよ。何だかまた腹が立つ。

「半井さん知らないんすか」

「俺、鉄分ないし」

愛想《あいそ》なく答えた。

「俺だってないですよ」

「新幹線のコース、たまに走ってるらしいよ」

取りなすように足立が口を挟んだ。

「レールの点検?とかで。もちろん、一般人にはいつどこにいるのか全然わかんないから、レアなんだよ。俺も生で見たことないな」

「見かけたらいいことあるとか言うよな」

「ふーん、で、萩原、実際いいことあったの?」

「え」

それ訊く?って反応。四つ葉のクローバーとか星型のピノとか、具体的なご利益《りやく》を約束するものじゃなくて、見た、それ自体をひとつのささやかな幸運として受け止めればよし、うんわかってますとも。どうやら整は自覚しているよりもっと不機嫌らしかった。

「あ、さっき『先輩』から一万円もらったこと?」

「俺にくれたわけじゃないすよ」

「だってお前がいなきゃ絶対くれなかっただろ。そもそも存在も認識されずにすんでた」

「ちょっと――」

「あー、ぎすぎすすんのやめよーよー、ね、ね! 俺あした早いし、二日酔いでご挨拶《あいさつ》に行けないからもう帰んなきゃ。お先でーす」

常にこうして面倒ごとを回避しているのだろうか。足立が強引に切り上げて立ち上がると、じゃあふたりで残って飲みます、という空気では当然ない。

店を出て足立と別れると、整は五千円札を一顕に差し出した。

「何すか」

「お前からあの先輩に返しといてよ、俺までおごってもらう理由ないから。ひとっことも口きいてないし」

「いや無理ですよ」

そりゃそうだ。会話もしなかった透明人間が面子《メンツ》をつぶすわけにいかないだろう、単なる八つ当たりだった。

「ていうか、言うまでもないと思うけど、俺、ああいうやつ大っ嫌いだから。ほんとむり、ほんとうぜえ」

仏頂面《ぶっちょうづら》で札を財布にしまう。一顕が「すいません」と言った。

「お前に怒ってんじゃないって」

だからこそ一顕がいたたまれないのも承知だ。こんな台詞《セリフ》、フォローにもなりやしない。

「いろいろ、くせの強い人ではありますけど、いちから仕事教えてもらったから、俺にとってはいい先輩なんすよ。ＯＪＴついてくれた人ってやっぱ特別じゃないですか。半井さん、そういうのないすか」

「俺、女の先輩だったから別に」

「そりゃ俺だって選べるもんなら女の人につきたかったですよ」

「だよな」

「え」

「普通、そうだよな」

「え、ちょっと待ってくださいよ、そんな話してないじゃないすか」

「そんな話って？」

「半井さん」

あれ、とことのなりゆきを自分でも訝《いぶか》しんでしまう。何でこういう展開になってんだっけ。一顕はちっとも悪くない。整の悪口にほいほい同調する男なら好きにならなかっただろう。んー、じゃあ俺が悪いのかな。ちいさなとげを吹きつけた結果、案外まじめに険悪《けんあく》なムードになってしまった。でも「しょうがないよな、人づきあいって」とにこにこ我慢できるほどものわかりのいい性格じゃない、そうだ、俺ってめんどくさいんだよ。こいつにも言われた覚えがあるし、それって萩原も承知の上ってことで――。

考え込んで、黙ったのがいけない。一顕までむっつり口をつぐんでしまった。喉《のど》の奥にゆでたまごがすっぽりはまったみたいに、沈黙をほどく言葉というのが出てこない。こういう時って、とりあえず謝って取《と》り繕《つくろ》ってしまうとますます気詰まりになる。

だから整は黙って駅の改札を通り、一顕もついてきた。当初の予定どおり泊まっていくつもりはあるようで、ほっとした反面、この空気を家まで引きずるのはやだな、と思った。

どうしよっかな、ああもうあの図々しい男さえいなければこんなことには、とまた表情が険《けわ》しくなったらしい、一顕がふうっとため息をついた。あ、まだ怒ってんのかこいつって思ってる。ちょっと思い出していらついただけなのに。ていうかため息でアピールすんなよ。冷静に考えると一顕にそんな意図はなかったのかもしれない、でも悪くしか受け取れない。頭の中に黒いフィルターがかかってしまった。

電車に乗ると、ちょうど空席がひとつ生じた。

「どうぞ」と一顕がぶっきらぼうに言う。ここでありがとうって座っちゃえば風向きが変わるんだよなーとじゅうぶんに理解しつつ整は「いい」とかぶりを振った。

「俺、座り仕事なんだから疲れてないし。むしろお前が座れよ」

「俺も別に疲れてないんで」

空《あ》いた場所はすぐ知らない乗客で埋《う》まったのに、つり革ふたつ分の不自然な距離は縮まらない。

夜の景色をうっすら透かす仏頂面を窺う。いくつもの明かりが一顕と整を駆け抜けていく。街並みの隙間から別の高架が覗く。一日の終わりに近い電車の中は誰もが口を縫《ぬ》われたように静かだった。イヤホンから洩れる音楽、レールに沿わされる車体の身じろぎ、メールの着信音。生きている音がない。

「――あ」


そこに、ふっと自分の発した声が混じる。

向こうの線路は、新幹線の通り道だった。夜目にもはっきりとわかる、黄色い車体がほんの数秒で目の前を通り過ぎて行った。流れ星。

ドクターイエロー。

ぱっと一顆を見ると、目が合った。見た？という表情。こくこく頷く。

くったりしなびた野菜みたいだった車両の雰囲気が、すこしだけ変わった。


――今、何か通らなかった？

――新幹線でしょ。

――いや、違うやつ。

――ドクターイエロー？

――うっそ、早く教えてよ。

――だって一瞬だったもん。

――友達んちの前通るかも。ＬＩＮＥしよ。

　ささやかな非日常の波紋《はもん》が広がり、皆がきょろきょろ窓の外を見る。あれ、何かあったらしい。何か「いいこと」が――。それがとっくに終わってしまったとわかると、またお行儀良く元の沈黙に戻っていくのだけれど、「何かがあった」感じは確かに残り、ふたりの間にあったちいさな摩擦《まさつ》を払ってくれた。

「新幹線よりずっと短いんだな」

「そうすね、七両くらい」

「さっきの写真、もっかい見せて、ていうか送って」

「えー」

　互いがひとつずつ、つり革を詰めた。肩が触れ合う。整はほっとした。気まずさが解消されたことより、こんなつまらないけんかだってできるのだ、ということに。

　あんな、割と普通じゃないいきさつを経《へ》てくっついたはずなのに、どうでもいいきっかけでつまずき、特にドラマチックな和解劇もなく軌道修正される。

　日々だ。ありふれた毎日だ。でもそれでいいんだ。永遠にほどけない結び目より、ゆるみに気づいて「おっと」と片方ずつ締め直すのがいい。またかよあーあって思いながらそれを繰り返すのがいい。いつでも同じタイミングで、黄色い星に気づけるとは限らないけれど。
そうこうしているうちに、降車駅が近づいてきていた。

きいろい蜜

駅についてから整《せい》が「腹減ったな」と言う。中途半端に切り上げたせいで確かにまだ食べ足りず、飲み足りなかった。

「もう一軒寄ってく?」

「心当たりがあるんなら」

「うん。いっつも萩原《はぎわら》に任せてばっかだから、たまには俺がアテンドするよ」

整の家に帰るルートからひょいっと横に入ると、四階建てマンションの一階部分がそれとおぼしき店で、脚付きの黒板が豆電球に照らされていた。チョークで書かれたメニューから系統を推測する。

「フレンチ?」

「ごった煮洋風居酒屋かな。午前三時までやってるから、残業の帰りとか便利なんだよ。あんまがっつり食べるのもなっていう時間帯は、前菜の盛り合わせとグラスワインだけ頼むんだ。あれって、肉も野菜も卵もきのこもちょっとずつあるだろ? バランス取れる気がして」

「いーな、うちの近所、ファミレスかチェーン系居酒屋ばっか」

「それはそれで便利じゃん」

整が白木《しらき》の扉を押し開けると、かろん、とベルの軽やかな響きがする。

「あ、こんばんは」

四十がらみのシェフが気さくに笑いかける。見渡すまでもない、ささやかな店だった。二人掛けのテーブルふたつ、四人掛けがひとつ、カウンター席が四つ。見たところ、従業員は二十代前半くらいの女の子がひとり。カウンターの隅では、いくぶんかこそげとられた生ハムの原木《げんぼく》がつややかにランプの明かりを受けている。

カウンターに掛けると、整は「本日の泡」といかにも慣れた口調でオーダーする。

「きょう、国産の柏原《かしわら》のワインになりますけどよろしいですか？」

「うん。萩原は？」

「じゃあ俺も同じのを」

「はい」

「あと、適当に二品くらいお願いします。食べてはきたんで、そんな重くないものを」

「分かりました」

グラスがふたつ運ばれてきた。わずかにアイボリーがかった液体の表面で躍《おど》るような泡は、かちんとちいさな乾杯で弾《はじ》ける。

「半井《なからい》さんがお友達連れてくるの初めてですね」

カウンターの向こうから、女の子が興味津々《しんしん》に話しかけてきた。

「うん」

「同じ会社の方ですか?」

「そう」

あー、と思った。眼差しの中にあるのが、単なる好奇心だけじゃないとすぐわかる。整は気づいているのかいないのか、さらりと「あゆこちゃん」なんて呼ぶ。

「バケット、いつもよりちょっとかりかりめに焼いてくれる?」

「はーい」

スナックみたいにクリスピーなのがいい、というのは一顗《かずあき》の好みだ。だから明らかに一顗のためのオーダーで、でももやっとした気持ちが晴れない。

「きょうもお仕事帰りですか?」

「うん、一軒飲んできて」

「半井さんて土日全然来てくれないですよね」

「混んでそうだから」

「えー、そんなことないですよ、こないだの日曜ちょーひまだったもん」

そういえば、異性と一緒にいる整を見たのは初めてかもしれない。ちゃんと社会性を身につけた大人の男の、普通の態度だ。適度に親密、それでいて思わせぶりな打ち解け方はしない。女といると、「男」をしている整が浮き彫《ぼ》りになる。新鮮で、ちょっと見とれてしまうのは倒《とう》錯《さく》だろうか。抱かれる側はいやなくせに。

「お連れの方、男前ですね」

「え？」

褒め言葉に対応するマニュアルはいくつかあって、TPOに応じて使い分けている。①あざーす、とアホっぽく喜んでみせる②いやそんなの初めて言われたしと真顔で謙遜《けんそん》する③そっちこそきれいだねと余裕のお世辞返し④苦笑で軽く流す——面倒だから④でいいや。

「どうも」

「あ、言われ慣れてるって感じー」

「いやいや」

バケットの焦《こ》げ目はほどよく、サーディンのパテはしょっぱくておいしい、のが何だか悔しい。

「彼女とかいます？」

とかって何だろう。

「つき合ってる人？　そりゃいますよ」

愛想よく肯定《こうてい》しながらテーブルの下でそっと整の足をつついた。ほかに客がいなくて幸いだ。

涼しい横顔がわずかにゆるんだ。

「えー、いいなー。私今、まじで彼氏欲しいんですけどどうしたらいいと思います？」

身辺の怪しくない独身の若い男、なら何人か紹介してやれる心当たりはあるけれど「あゆこちゃん」はきっと整に聞かせたいのだろう。

「んー、彼氏欲しいってあんま公言しないことかな。肉食かよってびびっちゃう男もいるし」

「えっ、でも言わないとわかってもらえないじゃないですか」

「欲しい時にはつくらないほうがいいよ」

オリーブオイルに浸《ひた》したバケットをかじって整が言う。

「腹が減りすぎると、どうでもいい店に入ってまずいもの食べちゃうし。欲望と判断力って両立しないから。全然男なんていらないとか、ひとりでいいやって思ってる時に出会った人を大事にしたらいいんじゃない」

「ひとりでいい、って思う時なんてないです」

「あゆこちゃん」は実に真剣に訴えた。それもそうか、と整は苦笑する。

「ないよな」


店を出てから、整に抗議した。

「あれはないいんじゃないすか」

「何が」

「あの子、明らかに半井さんに気があるでしょ。普通、そんなとこ連れてく？」

「わかった？」

「わかるよ」

「実害があるわけじゃないしさ。言っとくけど誤解させるような言動もしてないから」

「名前で呼んでたじゃん」

「メニュー見てなかった？『あゆこの手作り本日のデザート』ってあんの。それで名字訊くのはさすがに失礼だろ」

「ふーん」

子どもじみてるのは百も承知だ。でも一顆には、一軒目で少々理不尽に機嫌を損《そこ》ねられたという思いがある。元を取るっていったらあれだけど、今度は俺がすねる番じゃないの？という。でもあんまり長引かせて本気の諍《いさか》いになるのはまずい、もうここまできちゃったし、この後の進行もあるし——なんて打算が先立つ時点で嫉妬の程度も知れようというものだ。

でもなー、何かなー、と釈然としない気持ちを抱えて歩いていると、ふっと隣から整の気配が消えた。

「——え？」

そのまま数歩歩いてから気づき、はっと振り返るといない。すぐ脇がコンビニだったから、おそらくそこに入っていったのだろう。

立ち止まり待っていると、案《あん》の定《じょう》店内から出てきた。

「寄り道すんだったらひと声かけてくださいよ。びっくりするでしょ」

「ごめんごめん」

割と真剣に文句を言ったのに、整はしれっとしたもので、一顕を見もせずに買ってきたものの包装をべりべり剥《は》がしている。紙の台紙とプラスチックのカバーを剥《む》くと、中身はごくちいさい。

「はい」

黄色い筒《つつ》。みつばちのイラストがついたリップクリームだった。

「はいって」

「唇、皮剥《む》けてる」

「ああ」

体質なのか、乾燥すると荒れやすい。みっともないし痛いから、冬場はリップクリーム――ごく普通の薬用――を持ち歩いてまめに塗るが、夏はおろそかになる。そうかもうそんな季節か、と思った。

しかし、こんなファンシーなの買ってきますか。絶対わざとだろ。

一顕はそれを受け取らず、ぶっきらぼうに「塗って」と言った。

「半井さんが塗ってよ」

「……しょーがねーな」

隠れ家飲み屋はおろか、街灯すらない細い路地に一顕を引っ張ると、スティックのキャップを取って「動くなよ」とささやいた。家の窓から洩れる明かりで、何とか互いの顔は見える。下唇に押し当てられた琥珀《こはく》色のクリームはまだ円柱形の端っこが硬い。新品のリップクリームをおろす時の、もったいないような感覚を思い出した。

甘ったるい香りがゆっくりと唇を一周し、逆剥《さかむ》けを鎮静《ちんせい》させ、潤《うるお》していく。いつもの、メントールの清涼感でなく、蜜《みつ》のとろみに覆《おお》われた。

「……すんごいはちみつ感が」

効くのか、これは。

「そう?」

「蟻《あり》がたかってきそう」

整はキャップを元どおり閉じ、リップを一顕のスーツの胸ポケットに落とし込んで笑った。

「蟻より先に俺がたかるよ」

やばい、くらっときた。

「半井さんて」

「ん?」

「案外うまいよね。天然?」

「案外って失礼な」

靴のつま先が触れ合う距離まで近づいてくる。

「お前があんまりかわいいからだよ」

「……むかつく」

腰に腕を回して唇を重ねた。半《なか》ば予想していたように抵抗のうすい身体が拒《こば》まれるより悔しく、接触を深くしてしまう。舌を吸うと喉《のど》の奥からくぐもった声が一顕の口内へと入ってくる。なめらかな舌はするりと抜けていき、整は性急を咎《とが》めるように下唇を噛んだ。そして上下の前歯でわずかにめくれたところを捉《とら》え、ぴ、と引っ張る。

鋭《するど》い痛みが亀裂《きれつ》になる。

「……いった！」

「あ、悪い」

相変わらず悪びれやしない。

「唇の皮剥くの、くせでさ。はちみつの味はしないんだな」

「自分のでしろよ！」

何のためにリップ塗ったんだか。指先で押さえるとわずかに血がにじんでいた。

「あーもー……」

「ごめん」

出血でさすがに反省したか、焦った声を出す。

「ごめん、怒った？」

すがるような目の色も、計算かな。うん怒ってる、だから言うこと聞け、と裸を覆っている布をこの場で容赦《ようしゃ》なく全部剥《は》ぎ取ってやりたい。しないけど。

「……怒ってないよ」

両の頬を挟んだ整の手はすこしつめたい。そっと伸びてきた舌が細い傷をたどるとぴりぴりしみた。

「塗り直す？」

「いや、また同じことになりそうな気が」

「そうだな、剥きすぎて唇なくなるかも」

「怖いよ」

ぎゅっと抱きしめる。整の家まで、あと五分程度だった。その五分がもどかしくてたまらない。

「どこでもドアとかねーかなー……」

「そーゆーとこがかわいいんだけど」

腕の中で整が笑った。

「半井さん、そういえば、欲望と判断力は両立しないって言ってましたよね」

「え、いつ言った？」

「さっきの店で！」

ごもっともなお言葉、でも自分たちに当てはめてみるとひやりとしないでもないじゃないか。

「んー、俺あそこじゃ適当にしゃべってるから覚えてない」

このけろりとした顔、どうやら嘘はついていないらしい。罪作りというか、何の作為もなく人を振り回すのは男女問わずこういうタイプだ。

……まあいいか。脱力とともにあくびをすると整が覗き込んでくる。

「眠い？」

「うん」

「寝ていいよ」

というか早く寝ろ、と言いたげな口調だった。

「何で」

「寝てる間に塗っといてやるから」

いつポケットから出したのか、黄色いスティックを得意げにかざす。そういえば行為の最中も、いつもよりキスを求められた気がする。

「自分で塗って寝るから貸して」

「いや塗ってやるって」

「たかられそうだからやだ」

リップを取り上げようとすると整は身をよじって逃れる。狭いベッドが、じゃれ合いでしかない攻防で軋《きし》む。黄色い蜜は、早々に使い切ってしまいそうだった。

秋雨前線

雨音で目が覚めた。枕元の携帯を見ると、まだ五時半。寝直そうとしても雨だれが耳について意識は冴える一方だった。『雨。起きちゃったよ』とメールを打つ。特に返信は期待していなかったが、すぐ着信があった。

『俺も』

「ほんと？　むしろ俺のメールで起こされたんじゃなくて？」

『違う違う。半井《なからい》さん、また寝る？』

「無理っぽい。完全に起きちゃった」

じゃあ、と一顕《かずあき》は言う。

『デートしようか』

会社からひと駅の場所にあるホテルのロビーで待ち合わせた。もちろん朝っぱらから激しいデートをするわけじゃなく「ちょっといい朝めしをゆっくり食べましょう」というのが一顕の提案だった。

「おはようございます」

「おはよう」

一階のレストランがビュッフェスタイルの朝食会場になっているので、宿泊客ではない旨《むね》を告げて中に入る。朝食五千円、飲みに行くよりは安いし、平日からゆったり朝を過ごすのは、値段以上のぜいたくをさせてもらっているようで気持ちがいい。

「ビジネスって感じの客、多いすね」

「だな」

七時前、まだ客入りのピークとはいえないだろうレストランには、それでもかっちりスーツを着込んだ男の姿が目立った。新聞を熟読したりタブレット端末《たんまつ》をにらんだり、忙しいことだ。欧米人ってどこにいてもシリアルやオートミールばかり食べているように思えるのは気のせいだろうか。ここには和も洋も点心もエスニックも山盛り並んでいて、整《せい》たちは目移りして困るほどだったのに。

「いいなー。いったいどこで働いたら、こんなとこに経費で泊まれんだろ。一泊五万切らないすよね」

「萩原《はぎわら》、ちょいちょい泊まり出張してるじゃん」

「ふっつーのビジネスホテルに決まってるじゃないすか」

「出張旅費に自分で足していいホテルに泊まったりできないんだっけ」

「どのみち出張だと、疲れて寝るだけだからどこでも一緒なんすけどね。単独行動取ったりしたら勘繰《かんぐ》られそう」

「何を？」

「いや、女呼ぶつもりじゃないかって」

一顕は声を低めた。ああ、デリバリーね、と納得する。

「誰かと一緒だったら呼びにくい？」

「さあ。出張予定入ったら堂々と情報収集してるやつもいますけどね」

「前からふしぎに思ってたんだけど、そういう、商売の人ってフロントで咎《とが》められないの？」

「宿泊客が呼んでんだし、たとえば知り合いと部屋でお茶するだけって言われたら、どんなにあからさまでも突っ込めないでしょ」

皿に残った目玉焼きの黄身を、じっくり炒《いた》められて脂《あぶら》っ気《け》の抜けたベーコンで拭《ぬぐ》いながら「そういえば」と視線を宙にやった。

「昔、真夜中に取引先の忘れ物届けに行ったことあるんすよ。ここじゃないけど、同じくらいのランクのホテルに。したらエレベーターで、もろそういう感じのおねーさんと乗り合わせて、関係ないのに緊張した」

「そういう感じって？」

「んー……言葉ではうまく説明できない。特別に派手とか美人ってわけじゃなかったんだけど、何となくわかる。堅気《かたぎ》じゃないって雰囲気。あと、でかいバッグ持ってる」

「何で？」

「そりゃ……いろんな用具を持参しないとだから」

「ふーん」

一泊百万円の部屋に泊まろうがやりたいものはやりたい。ここでお上品にブレックファースト決めてる男たちの中にもゆうべ愉《たの》しんだやつがいるかもしれなくて、男ってどうしようもないなと呆れつつ、どこかでほっとしている。

仰《あお》ぐほど高い天井までガラスがはまっていて、そのすぐ向こうは日本庭園だった。ガラスにしずくの点線が走り、見る間につながった流れになる。木々の緑は濡れてつややかに深い。雨音と混じる人工のせせらぎを聴きながらここで終日ぼんやり景色を眺めていられたらいいのに、と思った。

「きょう、一日雨ですかね」

「かな。秋雨前線が活発とかゆうべのテレビで言ってた」

「秋って地味に、雨多いですよね」

「台風もくるしな」

「あー」

きょうの空模様を知りたければ、手元の携帯にすぐ予報が表示される。でもそうせず、とりとめなく話すのがいい。どんなに些細《ささい》でもいい、答えを欲しがらない会話が生まれると、ちゃんと「ふたりの時間」だという気がする。

出社すると、机の上に見覚えのない折りたたみ傘《がさ》があった。誰かの忘れ物を勘違いして一顕のデスクに置いたのだろうか。俺のじゃないんだけど。少々困惑しながらそれを手に取ると、下に付箋《ふせん》が隠れていた。折り返して文面を隠せるタイプ。うすい糊《のり》で接着された紙片《しへん》を広げる。

『誕生日おめでとう』

署名はなかったが、ほかに心当たりがないので整からだと思う。そういえばきょうか。また年を取ったとため息をつくまでには至っていないが、年々バースデイへの関心というのはうすれている。持ったままの傘とメモを意味もなく見比べる。飾り気がない、というかそっけないプレゼントだけど、整らしいといえばそうなのか。

袋じゃなくソフトケースに入っていて、かばんの外にぶら下げられるよう、ホルダーもついていた。便利そうだ。グレーに近い黒の地に、ところどころ紺《こん》やカーキの細いストライプが入っている。

……でもこれ、一度開いた痕跡《こんせき》があるような。

ケースのジッパーを開けて本体を取り出すと、ぴしっとしているはずの折り目がわずかに膨《ふく》らんでいる。そもそも、買う時に贈答用か否《いな》か訊かれるだろうし、一応誕生日が名目《めいもく》なら、それなりの包装をしてもらうんじゃないのか。どうせごみになるし、机の上で悪目立ちさせたくなかったのかもしれないけど——あ、ネットで買ったとか？ それで検品《けんぴん》のため一度開いて確かめた、ありそうだ。

何にせよ実用的だし、覚えていてくれたのは素直に嬉しい——忘れようがない、というのは考えずにおく。一頭は傘をビジネスバッグに入れた。きょうも不安定な天気らしいから。

整にメールしようかと思ったが、目の前の電話が鳴ったのでひとまず後回しにした。

メールしなくちゃ、しなくちゃと頭の隅でずっとリマインダーが鳴っていたが、結局そのまま一日が終わってしまった。ものの一分メールする暇が本当に見つからない時はある。月末の金曜日というのはとりわけ慌ただしいから。

残業中、買い出しに行くことになった。週明けの戦略会議——頭の二文字は必要なのか？——で発表する資料作りが佳境に入っていた。忙しい時に限って手近なコンビニで調達できないものが食べたくなるのは一種の現実逃避だろうか。満場一致で徒歩十分の中華料理屋のテイクアウトに決まり、「腹減ったな」と最初に洩らした一頭がお使い役になった。

エレベーターを待っていると、足音が追いかけてくる。

「私も一緒に行く」

営業の同期だった。

「や、大丈夫だよ」

「雨降ってるし」

「折りたたみあるから」

「でも……」

「ほんと大丈夫だって」

ここでお引き取り願ってしまうと、彼女は皆のいる部屋に戻りづらいだろう。でも一顕はひとりで外に出て電話をかけたかった。もう体力のゲージもかなり下がっている時間帯、メールじゃ足りない。声が聞きたい。大人しくパシリを引き受けたのはそのためだ。

「靴、レインパンプスじゃないだろ？　雨に濡れたらつめたいし、待ってなよ」

ぽん、とやけにまろやかな電子音がエレベーターの到着を知らせる。

「じゃ、行ってきまーす」

「あ――ねえ、萩原くん」

「うん？」

「……今、彼女いないってほんと？」

わあ、きちゃった。仕事仲間としては何の不満もないし、できれば知らんふりしていたかった。一顗は「んー」と言葉を濁《にご》してから苦笑をつくる。

「同じ会社でそういうのやめよう。働きにくくなるから、苦手なんだよ」

いる、とはっきり答えてもよかったのだけれど、話してもいない別れを知られている以上、余計な情報は与えたくなかった。そっか、と失望をにじませた笑顔の両側から扉が閉じられ、箱が降下を始めると一顗の口から長いため息が洩れた。断るほうだって緊張するんだ。

そして、わからない、と思ってしまう。今までは、恋人の有無《うむ》にかかわらず、好意を示されれば想像くらいはした。この娘《こ》とだったら友達っぽくやっていけそうとか、脚がきれいだからスカートの下までフルで拝《おが》みたいとか。心の中だけのちょっとしたお遊びだ。

でも今はわからない。さっきの同期が悪いんじゃなく、一顗の中で通路が閉じてしまって、まったく考えられない。美人、かわいい、スタイルがいい。表層的な部分で留まり、すぐに忘れる。歯医者に行った時、衛生士の女の子の胸が肩に当たってもラッキーと思わなくなった——くだらないけど。かといって男全般に特別な興味が出てきたわけもない。

そうしよう、と心に決めるまでもなく整だけだった。改めて考えると怖くなるほどに。見えない傘が頭の上にあって、雨を遮《さえぎ》っている。一顗はその音を聞き、露先《つゆさき》からしたたるしずくを眺める。でも濡れない。同じ傘の下に整がいて——柄《え》を握っているのはどっちなんだろう?

正面玄関はとっくに閉鎖されているので、時間外出入り口へ進む。自動ドアの向こうは結構な降りだった。風も強そうだ。そういえば台風きてるんだっけ。おろしたてで裏返るようなことにならなきゃいいけど、と傘の骨を案じながらそろそろと開き、そして一顕はつぶやいた。

「……何だこりゃ」

窓辺でアプリの雨音を聴きながら、居眠りしていたようだ。肌寒さで目覚めてからオットマンのついたソファに座っている自分を一瞬訝《いぶか》しみ、すぐにここが家じゃないと思い出した。身体を包む、ぶ厚すぎるくらいのバスローブ。イヤホンを外しても同じような音に包まれている。いつの間に降り出したのだろう。

携帯の液晶を点灯させると時刻は午前一時半、着信が二桁《けた》。消音にしていて気づかなかった。あ、ごめん。ここにいない相手に謝ってそっとカーテンを開く。雨は本降りだった。地上を見下ろし、整は声を出さずに笑う。電話をかけ直す必要はなさそうだ。

低層階からは、ホテルの前の通りがよく見える。街灯の下、きれいに舗装された道路で弾《はじ》ける雨粒が白く光っていた。風が吹くと、穂波がうねる時のようにさあっと影が掃《は》かれて空気の流れを視覚化させる。雨が疾《はし》っている。雨の道を、一顕が走っている。整が贈った傘が、玄関に向かってぐんぐん動いている。雨と一緒に一顕が駆けている。

どきどきした。

どきどきしすぎて、この感情が正なのか負なのか分からなくなってしまった。期待は限りなく怯《おび》えに似ている。

扉が解錠《かいじょう》される音がするまで、整は窓際から動けなかった。フロントに鍵を預けておいてよかった。

「もう……」

呼吸を荒くしている一顕は、どうやら会社から走ってきたらしい。雨を防ぎきれなかったスーツの両肩が染められたように濃く、バゲージラックに投げ出されたかばんも濡れている。

「タクシーは？」

「捕まんなくて……ていうか、」

電話出ろよ、と少々乱暴な口調で叱られた。

「ごめん、寝てた」

と答えると困ったように唇の両端を下げる。

「すいません、仕事終わんなくて」

「そんくらいわかってるよ。いいんだ」

会議があるのは知っていたから、午前様も想定内。

「ていうか」

「二回目」

「……最初から言っといてくださいよ」

「言ったからって仕事抜けられるわけじゃないだろ」

「だからって……」

短い前髪に指を突っ込み、もう片方の手で、まだ短く収納されていない折りたたみ傘を振る。重厚《じゅうこう》な板張りの床に水滴が散った。整が贈った誕生日プレゼント、しかし本命はそれじゃない。傘はいわばおまけだ。

「見た時、まじびっくりしたんすけど」

身に着けるものの好みはまだよく知らないので――そう、一顕についてまだ知らないことがたくさんある――服とか靴とか、張り込んだけど微妙、という結末は避けたい。だから、残らない贈りものにしようと考えて「いいなー」とぼやいた一顕のために、ふだん手が出ないホテルの部屋を押さえ、傘の内側に修正液で宿の名前を書いておいた。開いたら招待状になっている仕組みだ。ただ早く目が覚めてしまっただけの日に「デートしようか」と何でもないふうに誘ってくれたのも嬉しかったから。

「無事、デリバリーされてきてよかった」

「玄人《くろうと》じゃねーし……ていうか」

「また？」

「そもそも、雨降らなかったらどうする気だったんすか」

「ひとりで寝てたんじゃないかな」

「ありえねー」

「でも降ったし」

一顕の手から傘を受け取り、開いて床に置く。まだ撥水《はっすい》加工がよく効いている曲面を雨の球がいくつもいくつも滑り落ちた。

「大事な時って、いつも雨が降ってたから」

抱きしめられると、スーツやシャツのしわひとつひとつから雨の匂いが立ち込めてくる。それが一顕の匂いと混ざって整を息苦しくさせた。

「過ぎちゃったけど、誕生日おめでとう」

「……ありがとう」

どうしよう、と一顕が途方に暮れたようにつぶやいた。

「うん？」

「来年の、半井さんの誕生日に、これ以上のサプライズをできる気がしない」

「はは」

「笑いごとじゃねーよ」

頬に触れると、汗か雨か判然としない水で濡れている。

「傘、ちいさかった？」

「いや、風きつくて。台風近づいてるせいだと思う」

「そっか」

台風がくる、台風が去る。みんな当たり前に使う。まるで台風に悪意があるごとく。でも台風は自力で動けない。気圧配置と風向きに影響されているだけだ。

嵐は、嵐よりももっと大きな流れに運ばれてやってくる。嵐そのものだって選べはしない。どこへゆき、どこへ消えるのか。

……そんなことを、確か寝る前にぼんやり考えていて、でも唇をふさがれたので話せなかった。

息継ぎとくちづけを繰り返しながらベッドへと誘導されていく。

「……遠い」

部屋の広さに文句をつけつつ、一顕はもどかしげにネクタイをむしり取ってスーツの上着と一緒に床に落としてしまう。

「それ、大丈夫?」

仕事はなくても、この服を着て家に帰らなければならない。くしゃくしゃにしてしまうとまずいんじゃないのか。

「平気」

シャツのボタンをぷちぷち外しながら一顕が答える。

「ズボンプレッサーで全部やっちゃうから」

「まじで?」

「こつがあるんだ」

「うそ、教えて」

「後で」

ようやくシーツに乗り上げ、整のバスローブの紐《ひも》を解くころには下着一枚まで脱皮《だっぴ》していた。

「シャワー浴びてないけど……いい?」

肯定《こうてい》を織り込みずみの甘えは、ほかの人間にやられたら腹が立つだろうに、一顕から投げかけられると、心臓の傍《そば》で鈴を鳴らされたみたいにくすぐったい。

「うん」

「どうしよう」

腹から腰を撫でてささやく。いつの間にか一顕の声は、けむるような熱気を帯びていた。

「すぐしたい……用意、ある?」

「それは普通デリバるほうが持ってくんじゃないの」

「まだ言いますか」

ふかっとしたパイル地越しにも、男の甚《はなは》だしい興奮は伝わってきて、整は「あるよ」と意地悪を早々に切り上げた。

「枕もと」

一顕が手を伸ばしている間に裸になってしまう。ホテルは、ベッドサイドのスイッチで室内の照明を絞《しぼ》れるのがいい。読書灯の淡い明かりだけを残すと一度ぎゅうっと抱き合って互いの鼓動を分け合った。

チューブに入ったジェルは一顕の指を経由して整の下肢《かし》に塗り込められる。

「あ……」

つめたさと違和感にぞくりと皮膚が粟立ったのはほんの数秒だった。身体の内側と、それから指先のはらむ熱でやわらかなジェルはすぐ融点《ゆうてん》を迎える。

挿《はい》りたがって反《そ》り返っているものを早く何とかしてあげたい、と意識するまでもなく脚の間はそこだけ組成を変えたようにほどけていった。忍び込んだ指よりもっとずっと奥に火がついて、じわじわと焼け焦《こ》げに似た発情が陣地を広げる。

「んっ――あ、あっ」

にち、ととろけた潤滑剤が過敏な皮膚を伝って下敷きになったバスローブにしみこむ。指が二本に増やされると、拡《ひろ》げられている感覚は途端にリアルになった。血肉は熱を通わされてやわらかくなる。ほんのすこし動かされただけでも刺激は髪の毛にまで伝い、自分の全身がセックスの準備をしている、という背徳《はいとく》にまた発情してしまう。

指の先はあんなにまろやかなカーブなのに、出し入れでもたらされる快感は鋭く、勝手につま先が泳ぐ。ぎりぎりの深爪でととのえられている一顕の指。前はこんなに短くなかったのを知っている。

整を抱く時、傷つけないように。

だからこれは、一顕の「セックスの準備」。

そう思ったら何だかたまらず、素肌の上でどこか所在なげに遊んでいた一顕の片手を取り引き寄せた。

「あ、ごめん」

なぜか謝られてしまう。

「何が？」

「いや……こっち集中しすぎて左手全然使ってなかったから……」

愛撫の催促《さいそく》と受け取られたらしい。

「ダメ出しじゃないから！」

「え、違うの？」

かと言っていちから説明するのも恥ずかしいので「バカ」と一言だけ投げて指を口に含んだ。

「ん……半井さん」

人差し指から小指へ、順番にしるしでもつけるみたいにくわえ、最後に親指を吸い上げた。

これじゃ痛いだろうに、と心配になるほど深く切り込まれた爪のふちを舌先でつつき、カーブをたどる。その間も、一顕の右手は休みなく整の背後を窺っている。

「んっ……ふ……ぅ、ん」

なかをたぐる異物の動きに合わせて口内のものをもてあそぶ。上下の歯で甘噛みしてやると一顕もふっと息を詰め、ますます大胆に体内を暴《あば》いた。上下の口、どっちがどっちか陶然《とうぜん》の中で見失いそうになる。

「あ――」

ぬるぬるになった指が上顎《うわあご》をひと撫でして、それが合図だったように出ていくと整の乳首に触れた。

「あ、やっ……！」

「あ、すげー固い、全然弄《いじ》ってなかったのに」

「ん、やだ、あぁ……っ」

「……朱《あか》くなってるし」

ぬるついたままの指で押しつぶされ、上下に動かされるとちいさな実が弾けたような快感が走る。

「んんっ……」

すでに三本の指で苛《さいな》まれる粘膜は、許容を大きくするだけじゃなく、明らかに性交を誘う収縮を始めていた。

「あぁ……」

引き抜かれれば蹂躙《じゅうりん》の残滓《ざんし》がじりじりもどかしくてたまらない。早く埋《う》めてほしい。半端に目覚めさせられた官能が圧倒的な質量を求め、細胞という細胞がむずかるように落ち着かなかった。

「はぎ、わら」

脚を大きく割られ、身体の合わせ目に昂《たか》ぶりが押し当てられる。なめらかで硬くて熱くて、整を苦しくさせるもの。気持ちよくさせてくれるもの。

「ん――」

できるだけ呼吸を平らにして訪れの瞬間――最初の一回しか味わえない――を待ったのに、整の望むタイミングでは与えられなかった。

「あ、ぁ、や」

ジェルで濡れたふちにぴたぴた音を立てて擦りつけはするものの、その奥へは進まない。挿入未満の軽い前後を繰り返しながら、整の、上向いた性器の裏側をなぞり上げたりする。

「やだ、ああっ」

いたずらめいた接合《せつごう》に、本来なら届いているはずの場所がきゅうきゅうごめくのが分かる。欲望をちらつかされたまま前を握られ、速いストロークで扱《しご》かれた。そっちじゃないのに。感じてるけど、そっちじゃない。浅すぎる侵入に、不完全燃焼の興奮が下腹部でねじれてせつない。

「やぁ——や、いやだ……」

「よくない?」

「そ、ういう意味じゃなくて……っ」

いいに決まってる。とろとろこぼしたものは一顕の手を汚し、いっそう手管《てくだ》を卑猥《ひわい》にする。

でも。

「もうっ……」

たっぷり潤《うる》んだ口を自分からすりつけて腰を振ってしまう。

「……半井さん」

「や……っん」

透明なしたたりを分泌《ぶんぴつ》する性器の孔《あな》をちいさく抉《えぐ》られて全身がすくんだのに、後ろの一点だけがひくん、とひらいた。そのタイミングで、一顕がひと息に入りこんでくる。

「ああ! あっ——あ、あぁ……!」

自分ではどうにもできない、じれったかった空隙《くうげき》をあっという間に充《み》たされて、肉体の悦《よろこ》びに思考がついてこられず、そのわずかなタイムラグの最中、本当に頭の中が真っ白になった。

我に返ってからも、記憶がちょっと飛んだんじゃないかと不安になるほどだった。

「あ……や、あ」

心身の混乱はすこしばかりの涙になって目元に溜まった。整のふるえがおさまるのを待って一顥は「ごめん」とささやく。

「泣いてる？　きつかった？」

ぼやける一顥をにらみつけた。

「すぐしたいって言っといてこれかよ」

「あ、あー……ごめん？　て言うべき？　そのつもりだったけど、何か、いざとなったらもったいなくて——だから我慢しすぎて今にも爆発しそう」

一顥がじらしていたのは、整じゃなくて自分自身だったらしい。

「バカ」

何だよ、もったいないって。初めてじゃないし、これから何十回も何百回もするだろ。それがもったいないって——わかるよ、バカ。

「や、ああ……っ！」

膝の裏をぐいっと抱え込まれ、一顥の体重で身体がふたつ折りになる。関節の痛みより、ぴったり唇をふさがれた息苦しさより、つながった箇所《かしょ》の愉悦《ゆえつ》がまさった。快感を伝える神経が全部溶けて下半身全体に浸潤《しんじゅん》していく。

「んっ……んん——ん……っ！」

むちゃくちゃに口腔《こうこう》を貪《むさぼ》り合う。互いの無遠慮を、粗野《そや》を、耽溺《たんでき》を競《きそ》うように。

「は……っ」

一顕がわずかに身体を浮かせ、息継ぎみたいなせわしない深呼吸をひとつすると、密着した腰を小刻みに揺らした。

「ああ……あ、っ、あぁ！」

すでに深くつながり、身動きも取れない状態で短く強く律動され、くわえこんだところから響く一顕の硬さはダイレクトに整の発情をも膨《ふく》らませる。そのまま何度も内腑《ないふ》を穿《うが》ったかと思えば、今度は上体を起こし、整の膝を立てさせるとその上に両手を置いて深く長い抽挿《ちゅうそう》に切り替えた。

「いや、や、あっ、や――」

さっきまでのずんずんくる力強さはないものの、全長でくまなく往復されると内壁にさあっと細かい快感の泡が浮かぶ。ぶわ、と血管にまで鳥肌が立ちそうだ。男の欲望に割りひらかれ、また閉じる落差についていけず、再び正気が吹っ飛ぶのが怖くて整は懇願《こんがん》する。

「ん――そんな、一気に抜かないで」

「じゃあやめる?」

膝頭《ひざがしら》を撫でながら一顕がからかい混じりに問う。

「や！　だめ……っ」

「どっちだよ」

頭部のくびれがかろうじて引っかかるところまで退《しりぞ》いていたものが、また根元まで突き上げてくる。

「ん、ああっ……!!」

かわいい、とささやかれた。

「半井さん、まじでかわいい」

「いいよ、そういうのは」

ひがむわけじゃないけど、そういう形容が当てはまる部分なんて全く心当たりがないので反応に困る。嬉しくないわけじゃないが、ほかの表現はないのか。

「ですよね」

すねるかと思いきや、ちょっと困ったような笑顔が返ってくる。

「俺も、自分が言われたら微妙な気持ち。んー、でもほかに何て言ったらいいのかわかんないから」

「……しょーがねーな」

一顕の目には、ただ性欲を発散しているだけじゃない歓喜が浮かんでいる。自分の身体で整を満たしていること、あるいは整の身体で自分が満たされていることへの嬉しさなのだと思う。身体の力は、いちばんシンプルな自信や自尊につながるから。

一顕が見つめている自分も、ちゃんと同じ目をしているだろうか。

「……あ、ごめん、いきそ」

「んっ……あ、ああ……！」

けものの一途《いちず》さで激しく前後され、その動きは一顕の頂点でほんの一瞬ぴたりとやみ、直後には間欠泉《かんけつせん》に似た数度の放出が待っている。

「あぁ……」

そそがれきった刺激と安堵で整の性器も弾けた。

「……もっかい、させて」

結合をほどいた一顕が、整をうつ伏せにさせようとする。

「あ──」

弛緩《しかん》していたはずの筋肉がたちまち強張《こわば》り、整は思わず一顕の手を押しとどめた。

「半井さん？」

「あ……っ、と」

さっきまでとは違う動悸《どうき》が響く。起き上がって「その体勢はちょっと」と口ごもった。にぶい口調で、一顕にもことの見当はついたらしい。

和章《かずあき》との一件は詳しく話していない。

──ほんとにしたんすか。

──うん。

——そっか……。

やりとりとしてはそれくらいだった。ファミレスの広いテーブルに一顕は肘《ひじ》をつき、うつむいた後ろ頭をざらりと撫でた。その手が自分に触れた時のことを整は夢の中のフィクションのように思った。ごめん、と言いたかったが、たぶん同じ台詞《セリフ》が返ってくるだけだと思って唇を引き結んだ。

既成事実を示すものは首すじのうっ血《けつ》だけで、未遂だったと偽《いつわ》ればよかったのかもしれない。でも、これから先、ひょっとすると何年も何十年も嘘をつき通せる自信がなかった。現に今だって、拒むつもりはなかったのに身体が緊張してしまっている。

「あー……」

一顕のほうも、どうリアクションしていいのかとっさにはわかりかねるといったようすで視線を泳がせた。

「そっか、あん時、うなじに痕ついてたし——……って何言ってんだ俺。すいません」

「や……あの、あんま深刻に捉えないでほしいんだけど。トラウマとかそういうんじゃなくて、申し訳なくって、何か」

「何が?」

「混ざっちゃう気がして」

「間違えるって意味?」

一顕は眉をひそめた。

「そうじゃなくて——何だろ、お前とのことに、ほかの記憶を混ぜたくないっていうか……自分でも何言ってんだか謎だけど」

「うん……まあ、別に、どうしても後ろからしたいってわけじゃないんで……」

「うん」

そう、ほかにやりようなんていくらでもあるわけで——でも性交の手順を忘れてしまったようにふたりともうつむいて黙り込んだ。

「えー……ちょっと、休憩しましょうか」

敷きっぱなしだったベッドカバーに手をかけてめくり、一顕が提案する。そして、へんな空気にしてごめん、という詫《わ》びを拒《こば》むようにさっさと横になってしまった。だから整もおとなしくならうよりほかになく、広すぎてくっつけもしないベッドに転がると、一顕に背中を向けた。さっきまで気にもならなかった雨音がやたらと耳につく。どうしよう。何でびくついてしまったのかと胸の内に後悔が降りしきる。どうせ佳境《かきょう》になったら忘れられたのに、臆病者。

「……待ってる間、何してたんすか」

いつもどおりの声を出す一顕は優しいと思った。

「テレビ観《み》たり……ちょっとだけ飲んでた」

「バーで？」

「んーん、もう風呂入った後だったから服着るの面倒で。部屋の冷蔵庫のビール開けただけ……」

ビール、でひとつ思い出した。

「コロナだったんだけど、びんに注意書きしてあるの知ってる？」

「何て？」

「『王冠は、ゆっくり、やさしくお開けください』って」

「うそ、知らなかった。親切つーか……」

「押しつけがましいだろ」

「……まあ、そう取れなくもないすね」

一顛が身じろぐたび、糊《のり》の効きすぎたシーツに波のひだができるのを肌で感じる。見えなくても、ひとりじゃないのが分かる。

「初めて見た時は、うるせえよって腹立った。何でビールごときにこっちがそんな、気ぃ遣わなきゃいけないんだよって」

「開ける人間への気遣いでしょ」

「そうなんだけど……でもゆうべは、むかつかなかった。そっか、そうだよなって」

「うん」

「それは、萩原《はぎわら》を待ってたからで、そのうちお前が来るって思ってたから、ちょっと俺は、寛容っていうか優しい気持ちで――」

そっか、いない時にも「いる」んだな、もうお前は。

と思ったら、それだけで涙がぽろっとこぼれてしまったのは我ながらびっくりした。おまけに軽くしゃくり上げた音を一顕は耳聡《みみざと》く聞きつけて半身を起こす。

「え、なに？ 泣いてんすか？ 何で？」

ごまかせないならいいや。振り返ると、その拍子《ひょうし》に塩水がこめかみから耳まで流れてつめたかった。

「好きだよ」

と言った。

「俺、お前のこと好きなんだ」

「え、うん」

整の情緒の変動にまだついてこられないのか、喜びよりは困惑をあらわに「ありがとう」と答えた。

「俺も好きです」

模範解答は、むしろ整をむしゃくしゃさせた。むしゃくしゃというのか、一顕を、両手の間でくしゃくしゃに丸めてしまいたいような衝動だった。まあたぶん、世間一般的には「疳《かん》の虫」と呼ばれているたぐいの。

「嘘だ……」

「何で」

「嘘っていうか、嘘じゃないけど、違う、重みが」

「どーゆー意味？」

「だって萩原は何でもできるじゃん。ちょっと早く起きたら『デートしよう』とかさらっと言える男だよ。それと、俺みたいに、誕生日もぐだぐだにしちゃうダメな人間が必死で絞《しぼ》り出してる『好き』がおんなじなわけないだろ」

「……俺のほうが重いってこと？」

「逆だ逆」

結構な言い草だが、一顕は本気で相手にしてはいけないと思っているに違いない、「何言ってんだか」と呆れ顔でいなして床に足を下ろした。

どこかに行ってしまう。とっさに手首を掴むと、「ティッシュ取ってくるだけすよ」と頬をぺちぺち叩いてなだめる。

「びくびくするくらいなら言わなきゃいいのに」

「勝手に口から出ちゃうんだからしょうがないだろ」

「なにその俺様な言い訳」

一顕は笑って、洗面所からティッシュを持ってくると目元を拭《ぬぐ》ってくれた。多少すっきりすると、たちまち駄々っ子じみた言動が恥ずかしくなり、整は「ごめん」と再びそっぽを向いた。

「別に謝ることじゃないでしょ」

「だって……」

「あー、だめだめ、そこで余計なこと考えちゃダメ。あんたまた泣くでしょ」

「好きだよ」

「……わかってるよ」

整の髪やむき出しの肩に背後からキスを落とすと、そっと耳を噛んだ。

「ん……」

整が肩をすくめて逃れようとしても許さず、不規則な隆起《りゅうき》を舌先でつつき、息を吹きかける。

「や……」

「この向きも怖い？」

「……大丈夫——あっ……！」

まだやわらかく、そして一顕の粘液《ねんえき》を内包《ないほう》したところに指が潜《もぐ》った。

「じゃあやらせて」

その言葉に応じるように内壁《ないへき》は一顕の指をすすってみせる。

「あ、ぁ……」

「別に後ろからしなくたって死なないけど、この先選択肢がいっこ減ったままだと思うと、それもやだ」

「でも――」

「混ざってもいいじゃん。どうやったって、なかったことになんてできないし。今、現実に傍にいるのは俺なんだから、それくらい何だよ。俺だって、悔しかったり、嫉妬したり、いろいろ、げすいこと想像したりしちゃうけど耐えてんだから、半井さんも耐えてよ」

わざと乱暴に言い放ったのは、整のためだと分かる。

「うん」

片脚を大きく抱え上げ、一顕が入ってくる。

「あ――あ、あっ」

「……急に泣かれたから、興奮しちゃったじゃん。せっかく収まってたのに」

「ん、あ、っ」

じりじりと隘路《あいろ》を進んでくる熱に、「ゆっくり、やさしく」という言葉を思い出していた。あっけないほどすんなりと呑み込んだそこは、すぐに性感を思い出したのか独自のリズムで呼吸し、一顕を締め上げる。

「あ、きつ……きもちー」

「ん、あぁ、俺も、っ」

「ほんと?」

「うん……っ」

腰全体をたわませるような動きで背後から挿入され、なかにある精液と一緒くたにかき回されると腹の下でぬちゃぬちゃいやらしい音がする。

奥を探られるたび、下腹部から胸にざわりと発情が駆け上がり、その余韻《よいん》が消える前にまた律動《りつどう》で刺激され、ひっきりなしの快感に悶《もだ》えた。

「やっ、あ、いや――いい……っ」

「いやとかいいとか、忙しいね」

「だっ、て、あぁ、あっ！」

多少浅くはなったものの、つながったままで器用に体位を変えられた。うつ伏せで下半身を突きだし、枕にすがる。反《そ》り返った性器で貫《つらぬ》かれ、背中がしなった。

「あっ、あっ、あ――」

あの夜のことがよぎらない、わけはない。夜から続いた別れの朝も。でも過ぎた嵐、終わった時間。傍にいるのは萩原、と繰り返し自分に言い聞かせた。一顕がきっと、そうしているように。

手のひらのつけねで背骨のラインをすうっと逆撫でられるだけで上半身まで砕《くだ》けてしまう。触れられたところから肉も骨も、細かな粒子《りゅうし》に変容《へんよう》して拡散してしまう。このまま、何も残さず、気持ちいいままで消滅できたらいっそ幸せだろうとすら思った。

その考えを咎《とが》めるように一顕の手は前面に回り、布にこすれて腫《は》れる乳首をきつく摘《つま》んだ。

「やっ！」

「ねえ、やっぱり謝って」

「ん……っ、え？」

「さっきの、『好き』の重さが違うっていうの。やっぱ納得いかないし、むかつくから謝って」

「あ——っや、あ、ああ……っ！」

そりゃ、悪かったし謝るけど、こんなに激しく揺さぶられたらしゃべれない。

「ほら、早く」

「ああ……あ、や——っ」

ごく短い爪は、それでもちいさな突起《とっき》にちゃんと食い込み、痛みと快感の端境《はざかい》で整を翻弄《ほんろう》する。

「謝りたくないって？」

違う、バカ。わかってるくせに。身体の奥底に繰り返しもたらされる性感が声帯や舌まで麻《ま》痺《ひ》させて、途切れ途切れの喘《あえ》ぎしか出てこない。はしたなく興奮してかたちを変えた性器からぽたぽた先走りが落ち、シーツにしみを作った。くわえたものを貪欲《どんよく》に絞《しぼ》り上げれば、よりいっそうの硬直で交尾を深くされてしまう。

「あぁっ！」

「……こっちも、真っ赤だ。いっぱいにひらいてる」

交接《こうせつ》のきわを指先で半周ぶんなぞられ、結合と男の視線を意識して耐えがたく恥ずかしいのに、過敏にひくついてしまう。

「痛い？」

一顕はようやく動きを止め、整に折り重なって尋ねた。枕に半ば没した頭を力なく左右に振るのが精いっぱいだ。

「い……たく、ない……っ、ごめん」

やっと言えた。そこまで本気で要求されているわけじゃないと分かってはいたが、責任を果たしたような安堵が込み上げてきて本日のやわな涙腺《るいせん》はまたゆるんだ。一顕が手の甲で頬を撫でる。

「……ごめん、いじめすぎた」

「あ……っ」

えりあしのすこし下、記憶にあるつきりとした痛み。唇で、新しいしるしを刻まれる。


シャワーを浴びてすこし眠ったら、もう夜明けが近い。開けっ放しだったカーテンの向こうは朝陽の予感に透き通った紺色だった。密室のちいさな嵐とともに台風もどこかに行ってしまったのだろうか。

疲れ切っていたのに、ふたりしてこうも早く目が覚めてしまったのは空腹という実に深刻な事態のためだった。

「朝めし、何時からでしたっけ」

「六時半」

「あともうちょい……チェックアウトは？」

「十二時。食べたら爆睡コースかな」

「昼起きれるかが不安すね」

「あ、俺きょうフォー食べよ。こないだ、腹いっぱいで入んなかったから」

あとスモークサーモンと、卵料理はエッグベネディクト……とブレックファーストのプランを立てていると、一顕がえらく楽しげに整を見ている。

「何だよ」

「や、半井さんってセックスしたあと、わかりやすく食欲出すから。ふだんあんま食べないのに」

「あんまって、外歩き回ってる萩原とおんなじだけ食ってたらやばいだろ」

「そりゃそうですけど……だから、半井さんが腹空《す》かしてるの見んの、好きなんです」

心底嬉しそうな表情がむしょうに恥ずかしく、顔をそむけて寝返りを打つ。

「半井さん？」

「……寝る」

「三十分もないすよ。俺、オープンしたらすぐ行きたいんすけど」

「分かってるよ」

眠れるわけない、こんなに鼓動が速いのに。また、新しい雨。新しい嵐。一顕が連れてくる。

胸の中だけのひそやかな。

| Kazuaki×Sei |

その他掌篇1

MELLOW RAIN

[futtara doshaburi] complete editon

ユアーズ

深夜に目が覚めた。ベッドの半分は空《から》っぽだったが、こちらに背を向けて座る姿をすぐに見つけられた。その奥でテレビがついているから、輪郭《りんかく》はうっすらと明るい。

「半井《なからい》さん」

「ごめん、起こした？」と整《せい》が振り返る。

「眠れないんすか」

「んー、テレビつけっぱで寝るくせついてて。よくないってわかってんだけど、ないと物足りない」

「じゃあ、きょうもつけっててよかったのに」

「うるさかったら悪いから――こっち来る？」

並んでベッドにもたれる。真夜中の埋《う》め草《くさ》的に昔の洋画を再放送しているらしかった。

「俺、やばいかな」

「何が？」

「テレビばっか見ちゃうのが。テレビ断《だ》ちしなきゃと思いつつ、こないだはブルーレイレコーダーも注文しちゃったしさ」

「社販で?」

「そう。つーか家電みんなそう。トータル十万単位で得してる。初めてうちの会社入って良かったと思った」

「初めてって」

真顔で言うから笑った。

「BGM代わりにテレビって便利ですよね。でもそのうち飽きるっていうか落ち着きますよ」

「そうかな」

「うん」

肩口に、こてんと頭が落ちてきた。もっと際どいこともたくさんしたのに、こんな些細《ささい》な接触にどきどきするのはどうしてだろう。恋愛の回路ってふしぎだ。

「この映画、知ってる?」

「や、初めて……だと思う。半井さんは?」

「微妙に見覚えがあるようなないような。親が見てたのかも」

「どんな話?」

「今んとこ、ダンスしてる。社交ダンス?の青春もの的な」

確かに、ダンスのコンテストがどうこう、というような台詞《セリフ》を、吹き替えの声優がしゃべっていた。ひと昔前の少女漫画に出てきそうな、冴《さ》えないどんくさい女の子がいるなと思ったらどうやら本当にヒロインらしい。

「海外でもこういうベタさってあるんすね」

「深夜に地上波でやるにはぴったりって感じしない？　いい意味でB級っていうか」

「確かに」

有名な俳優が出ているでもなく、地球を救うでもなく、たぶん衝撃のどんでん返しも感動のラストもない、でもこうしてふっと起きて、何となく見るぶんには「適量」という気がした。そして、物語的に中盤だろうというあたりで、だいぶ垢《あか》抜《ぬ》けてきたヒロインが、主人公と踊るシーンが流れた。

そこで整が「あっ」と頭を上げる。

「やっぱ俺、見たわこれ。親の後ろからちらっとだけど。ここ、覚えてる」

嬉しそうに横顔がほころんだ。

画面の中は夕暮れで、オレンジとピンクの混じり合った甘い時間帯だった。雑然とした下町にあるアパートの屋上で、ふたりがゆっくりとステップを踏む。まだ恋人じゃない。惹《ひ》かれ合い始めている、ほどの関係だ。その向こうで赤と白のネオン看板が瞬《またた》き出す……印象的ないい場面だった。バックにはポピュラーなバラードが流れている。整がつぶやいた。

「……これってさ、別れた歌？　別れてからより戻す歌？」

「別れた後で思い出してるだけでしょ、スーツケースの中の記憶がどうこう言ってるから」

「でもサビんとこは、『何度でも迷ったら見つける』とか『何度でも倒れたら支える』じゃん」

「現実にってことじゃなくて、精神的な話なんじゃないすか」

「生き霊かー」

「夜中にそういうこと言うのやめてもらえます?」

「苦手?」

「苦手つーか……ねえ……」

別れた恋人を想う歌、がお互いにまだすこし痛いんじゃないかと思ったのだ。整もやっと思い至ったらしく「ああ」と一顕《かずあき》に向き直った。つくづく、繊細《せんさい》なんだか鈍《にぶ》いんだかよくわからない。

「ごめん」

「謝るようなことじゃないすよ」

気にならなかった、というのならそれに越したことはない。整にとってはわざわざ「思い出す」までもなく、いつも心のどこかに和章《かずあき》がいるのかもしれない。それでもいい。時間は積み重なった地層だから。知り合ってたかだか数ヵ月の一顕がやすやすと突破できるはずがないのは百も千も承知だ。今、こうして傍《かたわ》らにいることを望んだ選択が正しかったのかどうかも、この先に続く時間だけが知っている。

そして、時間をどう共有していくかは自分たち次第だ。

整の頭を軽く撫で、キスをした。これからよろしく、というあいさつ代わりのつもりだったのに、背中に手を添えられるとたちまち離れがたくなってしまう。

「……むらっときちゃった」

正直に申告すると、整はそっと笑い、手探りでリモコンを取ってテレビを消す。

結局、映画の結末は見届けられなかった。DVDって出てんのかなと軽い気持ちで検索してみるとどこの通販サイトでも新品は品切れで、結構なお値段の中古だけが「在庫あり」になっていた。そうか、ないのか、と思うと急にあの晩整が見せた横顔がよみがえってきて、一顕はつい割高な品を購入してしまった。いつでも買える、という状態ならたぶん「ふーん」で終わっていただろうに。

数日後、現物が届く。そこでさてどうしようか、と迷った。テレビ断ちって言ってたのに、DVDなんか渡していいのかな。そもそも、きっかけもなくプレゼントって、タイミングが難しい。誕生日はとっくに過ぎているし、クリスマスまで待つほどご大層《たいそう》なものじゃない。理由なく何かを贈り、贈られていい間柄のひとつが「恋人」に違いないのに、時間は人を冷静にさせてしまう。

映画を見ている時の横顔が、本当に嬉しそうだった。思い出だけがもたらす表情というのが確かにあって、だから一顕は整をあんなふうには笑わせられない。もう一度見たいな、と思うのは一顕の勝手で、自己満足に過ぎなくて、いざ差し出した時「いや手元に置きたいとまでは思ってなかったけど、せっかくくれるんだから喜ばないと申し訳ないな」と思われてしまうかもしれないのが恥ずかしい。

だからと言って「じゃあやめとこ」という踏ん切りもつかないし——ああもう。俺ってこんなに煮え切らなかったんだな。

新しい自分に出会うごとに、また整を好きになる。

金曜日の夜、仕事帰りにそのまま整の家に行った。

「お疲れ。風呂入る？」

「うん」

古いマンションだから、浴槽も洗い場も狭い。三角座りで湯船に浸《つ》かりながら、一緒に入りたいから今度はうちに来てって言おう、などと考えているとすりガラスの引き戸がノックされ、直後には応《こた》えも待たずに開かれる。

「萩原《はぎわら》！」

「な、何すか？」

やましいリクエストをもう察知したのか？　んなわけない。

「これ！」

「あ」

差し出した手には、かばんの中に眠らせたままのＤＶＤがあった。整は浴槽の前にしゃがみ込むと、一顕の頬に手のひらをあて「これ、俺の？」と尋ねる。つまらない逡巡《しゅんじゅん》も自意識も一瞬で吹き飛ばしてしまう、子どもみたいに期待一色で輝く目をして。

「うん」

一顕は思わず手を重ね、大きく頷いた。

「半井さんのだよ」

「え」

真剣な同意に、今度は整がうろたえる。

「や、あの、ＤＶＤの話だから……あ、かばんに足引っ掛けて中身出しちゃって、まずはそれをごめんって言おうとしてて——」

「はい」と一顕は笑った。

「半井さんのです」

「ＤＶＤの話だってば！」

「わかってるってば」

「じゃあ何でそんな笑ってんだよ」

「半井さんこそ何で赤くなってんすか」

「暑いから！」

何度でも、何度でも訊いてほしい。

「俺の？」って。

俺は、何度でも「うん」って言うから。そうして時間が、一年、十年、百年と流れることを、一顕は祈る。

（初出：フルール文庫「ふったらどしゃぶり When it rains, it pours」購入者特典ペーパー／2013年9月）

雨上がりの夜空に

楽しい時間って、結局は借金みたいなものかもしれない、と思う。

別れる時、後ろ髪を引かれるつらさであがなわなくてはならないのだから。

アイスコーヒーの、空《から》になったグラスの中で氷がかたちを変えて崩れる、その、かりんという音をきっかけに切り出した。

「じゃあ、俺、そろそろ……」

どんなことでも、遠ざかっているとなまる。身体だけの話じゃない。一顕《かずあき》は結構長い間同棲していたので、「好きな相手の家からおいとまする」時の感覚を忘れて久しかった。タイミングというか呼吸というか、湿っぽくならず「うん、しょうがないよね。じゃあまた」っていう感じが、個人的にはベスト。

「あ、そうだな、いい時間だよな」

性差なのか個人差なのか、整《せい》の答えは至ってあっさりとしていて、ほっとしたのが半分、それはそれで残念なのだあと半分。

まとめるほどの手荷物もなく、立ち上がり、整の部屋を出る。「駅まで送る」と整もついてきた。

もうすこしここにいるのは不可能じゃない。もう一晩泊まり、朝早く起きていったん家に帰ってから着替えて会社に行く。そうしたい、という欲求と実は必死に戦っている。

なぜかというと、それをしてしまったらずるずる整のところに居座るか、自分の家に引っ張り込むか、いずれにしても深みにはまってしまいそうだからだ。半同棲、ってぎりぎりだと思う。今、自分たちのいけるぎりぎり。だからあえて、ぎりぎりの三歩手前ぐらいで線を引かなければならない。結婚という終点がないから、余計に。

恋愛の熱とはまったく別のところで、こういうことを考える。人間的に成長して「考えられるように」なったのではなくて、いつの間にか「考えてしまうように」なった。いいのか悪いのかは、よくわからない。

「ありがとな」

整の声は、夜のほうがよく通る。街が静かなせいばかりではなく、月や星と親和性が高いのだろう。

「何が？」

「部屋。いろいろ、きれいになった、つーかやっと完成したって感じ」

「そうかな。手ぇつけないほうが味があってよかったかも」

「あんま放置してると平岩《ひらいわ》に怒られそうだし」

がらんとした無人のガソリンスタンドの前を通る時、話し声は大きく響く。あちこちの家灯《あか》りを見て、あそこにはほかの場所に帰らなくていい人間がいるのかもしれないと想像してねたましくなった。


整は入場券を買って、ホームまできた。魔が差して電車の中に連れ込んじゃったらどうしよう。そんな危惧《きぐ》を抱きつつ電光掲示をぼんやり見上げていると、隣で整の笑う気配がした。

「ん?」

「いや……何かしゃべらなきゃ、って一生懸命考えてる自分がおかしくって」

「ああ、別れる手前って、そうですよね」

一緒に暮らしていたら、会話なんていくらでも後回しにできる。むしろ沈黙を分け合うことがぜいたくにも感じる。

でも、自分たちは違うから。

「つき合ってるって感じっすね」

「何だよ、今頃」

「急に実感しちゃって」

「まあこういうの、最初だけだけどな」

「そう、そのうち半井《なからい》さんは、見送りどころか玄関までも来ないで『帰んの? あっそ』って言う」

「お前も『録画してたサッカー見たいから帰る』って言う」

ふたりでちいさく笑い合う。そんな日もくるかもしれない。「そんな日」がきてから思い出す「今夜」は、きりきりと甘く、胸を締めつけるのだろう。

楽しい時間は借金で、でも、借りたくないから誰とも出会わずに生きていくことはできない。すくなくとも一顕と、整は。

夜に穴を空《あ》ける、明るすぎるライトをまとった車両が近づいてくる。

まぶしさに目を細めるように、整が一度だけぎゅっと、一顕の手を握った。

（初出：フルール文庫「ふったらどしゃぶり When it rains, it pours」発売記念ブログ掲載／2013年9月）

In The Garden

帰り道は、行きよりだいぶ楽だった。貧血も収まったようだ。試《こころ》みさえすれば、案外こういうふうに慣れるものなのかもしれない。昔の整《せい》ならそれを後ろめたく感じただろう。傷が癒《い》えることは、もう会えない人を忘れるのと同義な気がして。でもそうじゃないと今は知っているから。

孫、と運転席で平岩《ひらいわ》がつぶやいた。

「さっきの、孫だよな、先生の」

「いや自分で言ってただろ、祖父って」

もっとも、故人からの裏づけは得られないので正確には「自称孫」か。

「いやーびっくりしたよ。まさか金髪が現れるとは思わないじゃん。地毛だよな？　あれ。目も緑がかってたし」

「石蕗《つわぶき》先生って奥さん外国人だったんだろ。って俺、お前から聞かなかったっけ」

「だって、血筋的には四分の一だろ、あんなくっきり出るもんなんだと思って。でも何か、いいよな」

「何がだよ」

「ほどよくマイルドになってるっていうか、ほら、あまりにも洋風の顔って気後《きおく》れするだろ？鼻高！　とか彫《ほ》り深！　とか……そういう近寄り難《がた》さだけ抜けて、いいとこもらってんなって感じ。ああいう子どもが生まれたら、親ってどんな名前つけんだろうな」

ああ、名前も聞かなかったな、と今さら気づく。

「あの外見でさー、庭からミント摘《つ》んでくるとか、ほんとに俺らと同じ現代日本に生きてんのかって思っちゃうよ」

「夜まで居座ってたら、食卓にディズニーみたいなキノコ並べてくれたかも」

「まじでか。もうちょっと長居すべきだったな」

整の気を車から逸《そ》らそうとしてくれているのか、平岩はいつもより饒舌《じょうぜつ》だった。

「……庭、きれいだったよな」

整はつぶやく。

「そうだったっけ？」

「うん。さりげないけど、ちゃんと手がかかってる感じした」

「ふーん」

「そういえば小学校の時さ、何か忘れちゃったけど学年で花育てて、採《と》れた種に手紙つけて風船で飛ばすっていうの、やったことある」

「あー、ありがちありがち」

「今思うと結構やばいよな。やってる学校ってあんのかな」

「個人情報とか？」

「うん、変質者の家に落ちたらいやじゃん」

「誰にも拾われなかったらごみになるしな」

赤や青や黄色や、色とりどりの風船の、好きな色を選んでいいと言われて子どもたちは沸《わ》いていた。あの時、仏頂面《ぶっちょうづら》をしていた幼なじみを覚えている。

――誰でもない人に手紙なんて書けない。

これを拾ったら種を植えてください、できたら返事をください、というカードを添える催《もよお》しに全力で抗《あらが》っていた。どうしてそんなことをしなければいけないのかわからない、種を無駄にしたくないのなら自分の手で確実に植えたらいいのだし、知らない人と知り合いたくなんてない……潔癖で頑《かたく》なな自我はあの頃から変わらなかった。

書庫の本を見た時、直感した。ああ、ここには和章《かずあき》がいた。過去形なのか、今もいるのかわからないけれど、どういう事情なのか知る由《よし》もないけれど、とにかく和章の気配があった。整然と並んだこれは、確かに和章の仕事だ。

だから整は、言った。

――俺は元気。

本人に届かないかもしれない、ひょっとするとひょっとするかもしれない、儚《はかな》いメッセージを風船で飛ばすように、あの、優しい庭の住人に託《たく》した。

「あ、SA《サービスエリア》見えてきた」

と平岩が言う。

「寄ってくか?」

「いや、いい」

「無理すんなよ」

「大丈夫。……早く帰りたいし」

車で出かける、と言ったから、やきもきして待っているだろう一顕《かずあき》のところへ。整の秘密の庭へ。


（初出：フルール文庫「ナイトガーデン」発売記念ブログ掲載／2014年5月）

春景淡景《しゅんけいたんけい》

ようやく暖かくなった陽射しを浴びてふかふかした土や、そこらじゅうで顔を出す新芽が受け止めてくれるせいだろうか、春の雨は音さえやわらかい。夜半まで睦《むつ》み合った身体の肌やら耳やらに優しくしみて幾重《いくえ》にも波紋を作り、その輪がいちばん広い径で途切れたとき、ふっと目を覚ます。

「……雨」

整《せい》のつぶやきと同じくらい半生《はんなま》の声で「降ってきてんね」と答えがある。

「きょう、どうする?」

特に予定は決めていなかった。仮に決めていても、一顕《かずあき》はよほどアウトドアな用事でない限り「雨天中止」を選ばない（そして整とアウトドアなイベントを行うことはまずない）。警報レベルの大雨や台風は別にして、雨なら傘を差して出かければいい、駅や建物の中なら降られないし、服は乾かせばすむ――そんなふうに、雨に足止めされない気の持ちようが一顕にはある。雨に足止めされてこうなったふたりなのに、おもしろい。

仕事中に雨に遭《あ》い、朝磨《みが》いた靴が汚れたりするほうがうんざりする、と一顕は言う。だからプライベートでの雨天は気にしない、そういう恋人につられて、次第に整も、傘を携《たずさ》えて出かけるのを億劫《おっくう》に思わなくなった。灰色に沈むガラスの向こうを水滴が流れていくのをぼんやり眺めて電車に乗ったり、いつもより人のすくない大通りを歩いたり、大きな窓のあるバーで、水槽に沈み込んだみたいにひっそり酒を飲むのが楽しいと思うようになった。傘のぶんだけいつもより離れて歩くと、いつもと違った横顔にも出会える。雨の日にしかできないことがあると知ったら、雨は憂《ゆう》うつじゃない。

「んー……そうだ、桜見に行こうか。週末の雨で散っちゃうって、きのうのニュースでやってた。ぷらぷら歩くだけ」

「いいよ、どこ?」

すこし遠くの名所まで足を伸ばしてもいいし、近所の公園や、学校の桜を塀越《へい》しに見上げるというお手軽なプランもある。

一顕はすこし考えて「あそこにしよう」と言った。

「昔通《とお》った、あの公園。結局、あれっきり行ってない」

「俺、会社に傘忘れてきてた。萩原《はぎわら》、貸して」

「ビニ傘でいい?」

「うん」

「以前」と「昔」の間にどれほどの時間差があるのか知らないが、まだお互いを本当には知らなかった（そして知る直前の）春、一緒に歩いた記憶はもう「昔」と呼んで差し支《つか》えなさそうだ。雨脚は強まりも弱まりもせず、単調な練習曲を繰り返すように降り続いている。

「あー、結構散ってんな」

寒さに固く耐えたつぼみが、いっぱいに開いて人目を和《なご》ませる頃にはもう弱っている。そよ風や雨だれに負けて花弁《かべん》を落とす。咲き誇《ほこ》る、なんていう時期はないのかもしれない。盛りは終わりの始まり。でもそこここに隙間のできた枝には、ちゃんと生まれたてのやわらかい緑が覗いている。

「半井《なからい》さん、今でも嫌い？」

「え？」

「葉桜が嫌いって言ってた」

「ああ……」

桜の真下に立って見上げる。透明なビニール傘の曲面に無数のしずくが浮いて景色をぼやかし、花と花の境目が水に溶けてにじむ。

「嫌いだった。残った桜が、何かにしがみついてるみたいで、もう無駄なのにって、勝手にいらいらしてた。でも、当たり前だけど、花にはそんなの関係なくて、ただ時間を過ごしてるだけなんだよな。きょう咲いててもあしたには散ってて、それが悲しいとかすっきりするとか、ぜんぶ人間の勝手で……」

　自然に任せて生きる、というルールからはみ出した人間のひがみで。

「……今は嫌いじゃない。萩原が言ってたみたいに、ピンクときみどり両方あっていいなと思う」

「え、そうだっけ?」

「言ってたよ、何で自分の言葉だけ忘れてんだよ」

「そんなバカっぽいこと言ったっけと思って」

「バカっぽく言ってくれたんだよ」

　整は言った。

「俺がやばい人みたいな感じだったから、あっけらかんとしててくれたんだろ」

「あ、そうかも、あの頃の半井さんやばかったよね、へたに触っちゃいかん人だと思ってた
……自分で言ったんだろ、何でむっとしてんの」

「ざっくり同意しすぎ」

「別に悪口じゃないって」

　一顕は苦笑して自分の傘をたたむと、「そっち入れて」と整のビニール傘の下にやってきた。

「狭い、濡れるよ」

「いい」

互いの肩を春の雨にさらし、反対の肩をぎゅうぎゅうくっつけ合って花を見る。こんな日が来るなんて、「昔」は考えもしなかった。

「……萩原は」

つぶやきにもぽたぽた水が落ちる。

「何の不自由もなく見えた。いきいきしてて、バランスがいいっていうかさ、十人いたら十人が、お前の何かしらをうらやましく思うんだろうって——……何にも知らなかったから」

「そうだね、俺も半井さんのこと、ただ気難しい人だって思ってた」

「俺たち勝手だな」

「自分のことでいっぱいいっぱいだったから。でも、俺はあの頃の気難しい半井さんも好きだったけど……好きっていうか、目が離せない感じ」

「今は簡単?」

「難しい時もあるけど、ああいうあやうい雰囲気ではないかな。……『あの半井さん』は、永久に俺のものじゃないんだよ。素直にそう思う」

「……うん」

一顕にだって、前の恋人のところに置いてきた自分があるのだろう。そつのない同僚という顔の裏に抱《かか》えていた焦燥《しょうそう》や寂しさや。自分たちは、埋《う》め合ったんじゃない。いびつな穴ぼこはそのままに、ふたりで新しい場所に新しい関係をつくった。

「あ」

雨に打たれた花が、かたちを保ったまま傘の上に落ちた。思わず指を伸ばすと、骨組みの向こうで透明な膜《まく》が突っ張る。

「取れないって」

一顒が笑う。

「……わかってるよ」

どんなに伸ばしても届かないもの、手に入らないもの。

「笑いすぎ」

代わりじゃなく、手に入れたもの。傘の露先からしたたった雨が笑うように肩を叩く。届かない花をまぶたの奥にしまって目を閉じる。

「……あの、美術館も寄ってみる？」

唇が離れてから尋ねると、一顒は「いいや」と首を振った。

「昔話みたいに、廃屋《はいおく》になってる気がして怖い」

「まさか」

「そうなんだけどさ」

「ちょっとわかるけど」

あそこで見たものが、夢だったみたいに。今こうしている自分たちも、夢みたいに。春の雨はどこか現《うつつ》の感覚をあやしくさせる。だから身体を寄せて、手をつないで、確かめずにはいられない。

翌朝は、きれいに晴れ上がっていた。早くに目が覚めて、朝食の買い出しがてら散歩すると、川に半《なか》ば覆《おお》いかぶさって重たげだった桜並木が、ほとんど花を落としてしまっている。花びらは水面を桜色で覆い、花筏《はないかだ》というけれど、確かにそっとつま先を落とせばそこに立ててしまえそうだった。

「きれーだね」

「うん」

空気も雨に洗われ、川を吹き渡る風はすこしひんやりと澄んでいた。いっぱいに浮かぶ花びらがさざめく。春を弔《とむら》っているようだった。流れのまま、二度と会えないところへ遠ざかっていくものがあるように思えてならなかった。

（初出：デビュー10周年記念キャラクター人気投票中間発表お礼こばなし／2017年3月）

answered pray

（※「long hello」収録の「little prayer」と併せてお楽しみ下さい）

大学時代の友人の結婚式があり、披露宴《ひろうえん》、二次会とお邪魔した。余興《よきょう》も幹事も回ってこなかったので純粋にゲストとしてゆったり楽しめたし、二次会のビンゴでは、結構いいランクの景品が当たった。

『はーい、新郎友人の萩原《はぎわら》さんにペアのシャンパングラス！　皆さん拍手～。おめでとうございまーす、一緒に飲む人いますか？』

「はい」

『だそうです、あー女性陣があからさまにがっかりしてますねー、残念でした！』

席に戻ると、口々に「お前相手いたの？」と突っ込まれた。

「あのネイリストの子と続いてたっけ？」

「バカそれいつの話だよ、とっく別れたって言ってたじゃん」

「結婚決まってる？　俺来年だからかぶり避けたいんだけど」

それらの攻撃を適当にあしらい、「グラス、バカラ？」と無難な質問には「違うみたい」とまともに返した。詮索《せんさく》が込み入った時の対処として、ひとつふたつ答えておくと後は煙《けむ》に巻きやすい。

「どこだろ」

無地の紙袋の中には、白い箱が入っていた。外側の青いリボンを行儀悪くほどき、箱の蓋《ふた》を開けると、青いビロードにふたつのタンブラーが収まっている。おお、いいじゃん、と周囲から声が上がった。ここを持て、ということなのだろうか、シルバーの台座で底を守られている、無色透明のタンブラー。一顕《かずあき》も、かしこまりすぎていないのがいいと思った。高級な食器というのは、独身サラリーマンの日常ではなかなか使いどころが見つからずに死蔵《しぞう》されがちだから。

袋の底にぺらっと入っていた封筒の中は、ショップカードだった。製品の説明や取り扱い注意が書かれた紙の隅っこにブランドのロゴがあり、見た瞬間に一顕はどきりとした。

これって。

整《せい》が昔好きだった、一顕と同じ名前の男が所属しているデザイナーのグループだ。でも、何人かで構成されているブランドだから、あの「和章《かずあき》」が関わっているのかどうかはわからない。こういうの、つくるかな。ちょっと違和感があった。蒸留水みたいに無味無臭のものを手がけるイメージだったが、これは、華美ではないにしろ、飾り気や遊び心を含んでいる。

気になり出すと止まらなくなり、とうとう中座《ちゅうざ》して店の外で携帯を取り出した。ブランドのサイトから「product」のコンテンツに飛び、くだんのグラスの詳細を確認すると、やはり「和章」の作品だった。どうしよっかな、と一顕は考える。いや、別にいい、別にいいんだけど、半井《なからい》さんが、俺が気にするのを気にしたらいやだ。その整は今晩一顕の部屋で待っているので、持って帰ってひとまず隠すのは難しいかもしれない。ここでこっそり誰かにあげる……「一緒に飲む人います」って言っちゃったしなー。

正直なところを言えば、ひと目見た時からあのグラスを気に入った。つくり手を知ってもその気持ちに変わりはない。悔しいとか、何だよとは思わなかった。むしろ、向こうには向こうの生活と時間がちゃんと流れているのだと、奇妙な安堵があった。決して上からの目線ではなく。

いやー、しかしどうしよっかな。

携帯の液晶を見つめていると「萩原」と声を掛けられた。

「もうすぐ最後の挨拶《あいさつ》みたいだけど」

「あ、ごめん、行くわ」

「三次会は?」

「パス。俺、披露宴から出てるし」

「そっか。なあ、さっきのグラスのメーカー教えてくんない? 来月結婚記念日なんだ、俺も買いたい」

「ああ、じゃあショップカード渡すわ」

「いいの?」

「うん」

そうだ、あれさえ目に触れなければいい、と一顕は結論を出した。本体のどこかに刻印でもあるかもしれないが、整はたぶんいちいち見ない。でも、何の手がかりもなくても、誰がつくったものか気づいたら——その時はその時だ。整の態度を見極めて考えよう。

引き出物と景品を両手にぶら下げ、家に帰ると、整は風呂に入っている最中だった。

「ただいまー」

扉越しに声を掛けると、「おかえり」と整も中から答えた。

「入りにくる？　俺、もう上がるけど」

「んー、まだいい」

上着とネクタイをハンガーに掛け、新品のグラスをさっと洗った。別のコップで水をぐびぐび飲み、ダイニングの椅子でしばしぼんやりしているうちに整が出てきた。

「おかえり」

ともう一度言って腰を曲げ、まだ濡れた頭を後ろから一顕の肩に押しつける。そうして、肩越しに髪を撫でられるのが、整は好きみたいだった。わざわざ「あっち向いて座って」と指定して甘えてくる時がある。

「楽しかった？」

「うん」

ビンゴでグラス当たった、と一顕は先んじて申告した。

「どんな?」

「シャンパングラスだって。洗ってそこに置いてある」

「見ていい?」

「どうぞ」

整はキッチンに立つと、台座と分離したグラスを持って「何これ、どうすんの」と尋ねた。

「銀色のに嵌《は》めて使う」

「ふーん、シャンパングラスっていうから、脚のついたほっそいやつかと思ったけど、これならいろいろ使えそうだし、いいじゃん」

「ビール飲む?」

「うん」

台座とドッキングさせた状態で七分目までビールを注《つ》ぐと、整は「もっと入るだろ」と文句を言った。

「いや、これでいいの。そっち、貸して」

ガラス部分の底面《ていめん》は、不規則な多面にカットされている。説明書にあったとおりなら、あまりぎりぎりまで入れないほうがいいはず。一顕はふたつのタンブラーを近づけ、そっとテーブルに置いた。すると、ふちに砂鉄でもついているように互いがくっついて立つ。

「こうやって、バランス取るようにできてるんだって。ひとつだけじゃ倒れるから、持つ時も同時ね。台に載せれば自立するけど」

「へー、すごいな。うまくできてる」

素直に感心する整は、何も気づいていないようだった。

そっか、わかんないんだ、もう。それが、整に流れた時間のおかげなのか、「和章」に流れた時間のおかげなのか、知らないけれど。変わったこと、変わっていくことを、惜しんだり、怖がったりする必要はたぶんない。

向かいの椅子にかけた整と顔を見合わせ、一緒にグラスを持ち上げて乾杯した。


（初出：デビュー10周年記念ファンブック「long hello」購入者特典ペーパー／２０１７年7月）

雨恋い

　雷が、鳴っているのかと思った。どん、どん、と地を這うようなひくい音。エアコンのタイマーが切れた真昼の寝苦しさとともにそれが耳について整《せい》は目を覚ました。磨《す》りガラスの窓から射し込む光は、明るい。身体を起こし、窓を開けて外を覗いた。

「……ああ」

　雷にしては近すぎる気がしていたのだが、どうやら夏祭りの行事らしい。地を這う、というか地面のできごとだった。雷だと思いきや花火だったのはまだ梅雨《つゆ》入り前の話で、あれから夏は、盛りを迎えようとしている。どん、どん、聞こえてくるのは、太鼓《たいこ》の音。対照的に高い鉦《かね》のリズム、「わっしょい」「もひとつ」といったお囃子《はやし》の声。まだ姿は見えないが、近づいてきている。じっと待っていると、背後で一顕《かずあき》が起きる気配がした。

「……どしたの」

「夏祭りの神輿《みこし》、練り歩いてるみたい」

　一顕も窓から顔を出す。笠《かさ》をかぶって浴衣《ゆかた》を着た数人の男が、ワンブロック先の辻《つじ》を曲がってくるのが見えた。軽自動車くらいの、車輪がついた屋台みたいなものが綱《つな》につながれゆっくり進む。

「神輿じゃなくて山車《だし》じゃね」と一顕が言った。

「どう違う？」

「え、担《かつ》ぐのが神輿で曳《ひ》くのが山車？」

「山車には神さま乗ってないのかな」

「さあ……あ、結構子どももいるな」

法被《はっぴ》姿の、小学生くらいの子どもたちが、山車の上で威勢よく太鼓を叩いていた。

「すんごい暑そう」

「俺も昔、子ども会の行事でやったことある。くそ暑かったけど、お菓子のセットとサイダーもらって嬉しかったよ」

「子どもは安上がりでいいな」

「大人もビールのことで頭いっぱいだって」

「死ぬほどうまそう」

交通規制するほどの規模でもないから、警察官が道路に立って誘導し、子どもたちの保護者とおぼしき普段着の男女もすこし離れて歩いていた。ささやかな祭列がマンションの真下を通り過ぎると、ベッドに引き戻される。部屋の中だって暑い。暑いが、暑いまま交わった。

整の脚には青い血管を飾るように玉の汗が浮き、一顕はそれを片っ端から舐《な》め取る。室温をますます上げながら、雨が降ればいいのに、と願う。今すぐ灰色の雲が湧《わ》いて雨が落ちて、窓からこの部屋に降り注げばいい。ベッドも自分たちもびしょびしょのぐしゃぐしゃにしてほしい。素肌を雨に打たれながら、一顕とセックスがしてみたい。
開いたままの窓から祭り囃子は遠ざかっていくが、代わりに、整の押し殺した喘《あえ》ぎと身勝手な雨乞《あまご》いが空へと放たれる。

（初出：デビュー10周年記念コラボカフェ@コミコミスタジオ　来場者特典SSカード／2017年8月）

「萩原《はぎわら》、きょうは俺におごって」

ふたりで飲んでいると、整《せい》が唐突にそう言った。

「……いーけど、別に」

一顕《かずあき》はきょとんと答える。

「金欠？　珍しーね」

営業の一顕より額面はすくないにせよそこそこもらっているだろうし、飲み代が捻出《ねんしゅつ》できないはずはないと思うが、高級家電でも買ったのだろうか。

「そうじゃなくて、俺が勝手に立て替えてるから」

「えっ」

自分のあずかり知らぬところで、整に何らかの請求が？　ますます疑問を深めた一顕に整は「夏祭りの協賛金」と言う。

「ごめん、俺酔ってんのかな？　ぜんぜん意味がわかんない」

「去年、俺の部屋で、祭りの山車《だし》一緒に見たの覚えてない？　見たっていうか、目撃したって感じだけど」

「ああ、うん」

「何かいいなあって思って。地元のああいうの。俺、宗教は嫌いだけど、世界じゅうの、観光客がくるわけでもないちっさな祭りとか儀式で、いろんなものが何とか保《たも》たれてる気がするんだ」

「うん」

整の言葉は時々突飛《とっぴ》というか不可思議《ふかしぎ》で、一顕は今でも十全《じゅうぜん》に理解できている自信はないのだが、それでも、整の顔、整の口から出ると、すとんと胸の中に落ちてくる感じがした。

「でも参加したいわけじゃないから、五千円ずつ出した。俺と萩原の名前で」

「ふーん」

俺、住んでないんだけど……と思ったが、整の楽しげな表情を見たらそんな無粋《ぶすい》は言えなかった。まあ、そういうことがやってみたかったのだろう。餅《もち》まきとかおひねりと似たような一種の娯楽か?

「領収書もらったから、寄付の名目《めいもく》で確定申告する?」

「いや、いいよ、めんどくさい」

「再来週《さらいしゅう》、神社で夜店あるから一緒に行こう」

「協賛金出したから、ビールとかくれる?」

「名札出してくれるよ。スポンサー一覧みたいなの」

「あー、あるね」

「三万出したら名前入りのちょうちんぶら下げてくれるらしいけど、さすがにそれはなーって」

「ふるさと納税の返礼品《へんれいひん》みてえ」

財布の口に合わせたさまざまな特典。もっともちょうちんなんか、使用後にもらってもな、という話ではある。

そうか、あれはもう一年近く前か、と軽い驚きがあった。整とふたり、部屋の窓からおもちゃみたいな山車の歩みを眺めていたのは。気づけば、歴代のどの恋人より長く続いていて、すぐ駄目になると思っていたわけじゃないけれど、それにも驚いてしまう。お互いのさまざまな感情のピーク時に、いちばん濃い交流から始めてしまったものだから、言うなれば映画で恋人同士を演じた役者が本当につき合ったけれど結局すぐ別れてしまったみたいに、非日常から日常にソフトランディングするのは難しい。

でも、大小のけんかや行き違いはあれど、順調に続いて、一顕は今でも整が好きだ。始まりの頃の気持ちとまったく同じではないだろうが、それは酒の味がじょじょに変わっていくようなものだった。今の味をめいっぱい愉《たの》しみながら、時間と空気が深めてくれるこの先のひと口を楽しみにする。整も、きっとそうだと思う。

「見て見て」

マンションの、ドアの前で整が壁に貼られたシールを指差す。祭りの協賛金の、これも返礼品であるらしい。お札《ふだ》を意識しているのか、縦長《たてなが》で、神社の名前と町内会の名前が入って、シルバーの地がやたらきらきらしている。世代じゃないけど、ビックリマンシールをほうふつとさせた。

「お金出しましたシール？」

「そう」

「貼ってない家がケチみたい」

「そんなのいちいち見ないだろ。ひっそり楽しいだけ。飲み屋にあったりすると、ここも出したんだーって、何か嬉しい」

整の「嬉しい」も結構ツボが難解だ。未《いま》だに「え、そこ？」という想定外があって、おもしろいからいいけれど、こんな微妙に変わった人から見たら、俺なんか発想もリアクションも普通すぎやしないか、と焦《あせ》りを覚えないでもない。


「……萩原、さっきさ、『自分が』酔ってんのかなって訊いただろ」

ゆるやかにひそやかに整の中へ没頭《ぼっとう》と没入《ぼつにゅう》を繰り返している最中、整が思い出したようにそう言った。

「うん」

「『半井さんが』酔ってんのかな、って言わない」

「え、それが、なに？」

「何でもないけど、萩原のそういうとこが、いいなって思う」

「わからん……」

額《ひたい》をこつんと合わせると、両耳の上に指が這《は》わされ、一顕の髪の毛を愛撫する。ほらまた難しいこと言うだろ、と思ったが、整が整らしい感覚で、たぶん一顕だけにある何かを見出《みいだ》してくれる時、ひどく安心する。


祭りの晩は、曇《くも》りだった。ふたりとも夕飯をすませるつもりで腹を空《す》かしていたので、まずソース焼きそばと、氷水の中にぷかぷか浮かぶ缶ビールをひとつずつ買った。なぜひとつずつなのかというと、テーブルがないので両手がふさがってしまうからだ。よって、焼きそばとビールを交換してはせっせと飲み食いした。慌ただしいが、これはこれで楽しい。次は片手で食べられるドネルケバブの屋台を発見して、ひとりひとつ、コロナの瓶《びん》ビールをお供にかじった。かき氷は半分ずつでいいよな、と意見が一致したので、じゃんけんで負けた一顕が払う代わりに味を決めた。コーヒーの練乳《れんにゅう》がけ。先が平べったいスプーンになったストローでちびちび氷の山を崩す。

十年後とかにもこんなことしてんのかな、と一顕はふと考える。中年の男ふたり連れというだけでへんな目で見られる――くらいは別にどうでもいいのだが、変質者が女子どもを物色しているとか、その手の物騒《ぶっそう》な誤解は困る。

「萩原、手止まってる。冷えた？」

「いや」

つい今し方の想像を話すと、整はあっさり「そん時はさっさと持って帰って食べればいいじゃん」と答えた。

「それもそうだ」

「あ、忘れてた、スポンサーのリストを確認しなきゃ」

参道の両サイドに向かい合って並ぶ屋台の後ろに、大きな看板の骨組みみたいなものがこしらえられ、そこにびっしりと木の名札が並んでいた。まじで？と思う有名企業の名前、たぶん地元の工務店や飲食店、それから個人の名前がずらずらと。

「あ、あった」

「萩原一顕」と「半井《なからい》整」が隣り合っていた。

「萩原、何か気づかない？」

「いや、だから、あるって」

「そうじゃなくて」

「えー？」

一顕が首をひねっていると、整は焦《じ》れたようにストローをがじがじ噛んで、「何で名前が並んでるのかってこと！」と言う。

「半井さんが一緒に払ってくれたから」

「ちがーう、よく見ろよ」

「んん？」

相田真、安藤雅之、井上光子……名前の並びにはちゃんとルールがあった。

「あ、五十音順……え？　あれ？　だったら何で真隣？」

「はぎわら」と「なからい」。順番が違う。整はやけに誇《ほこ》らしげに、やっと気づいたかと笑う。

「俺の名前『はんい』で出したから」

「えっ」

「ネットで調べたら、まじでいるらしいよ、半井《はんい》さん」

「何で？」

「何でって、どうせなら名札近いほうが嬉しいじゃん。浜田《はまだ》さんとか羽生《はにゅう》さんが挟まってなくてよかった。写真撮っとこ」

ああかわいいな、と思った。この人、ずっとかわいい。でも照れくさかったのでどうでもいいことを言った。

「偽名とか使っていいのかな」

「悪いことしたわけじゃねーし。逆に何が心配？」

「いやほら、厄払《やくばら》いとかでも、住所氏名を正確に書かないと神さまが迷うって」

「別にそんなの信じてないから……かき氷、もうしゃぶしゃぶだな、すくえない」

甘い水をふたりで飲み干すと、神社を出た。外の掲示板に「精霊流《しょうろう》し」のポスターが貼ってある。

『亡くなった方へのメッセージや、ご先祖様への供物《くもつ》を、想いとともに舟に乗せて川に流しませんか』

今夜、近所の川から流すらしい。

「こういうのって、流れてったあとどうすんだろ」

整が立ち止まってつぶやく。

「どっかで回収してんじゃないかな。そのまま海行っちゃうと、たぶんよくない。不法投棄になりそう……って言い方はあれだけど」

もっと昔、祈りや祭りの意味がずっと大きかった時代には、何にも遮《さえぎ》られずに大海原へ漂っていったのかもしれない。それらは別の陸地にたどり着き、あるいは海中に沈み、とにかく何らかのかたちで自然へと還《かえ》ることが奇跡的にできた。

「そっか」

じゃあ結局、どこにも行けないんだな。そう言って一顕の指をぎゅっと握った。

「……行ってみる?」

頷かないだろうとわかって、訊いた。

「ううん」

「じゃあ、帰ろっか」

「うん」

春の祭りは、豊穣《ほうじょう》への祈り。秋なら豊穣への感謝、冬は、一年の感謝、そして新しい年への祈り。けれど夏の祭りは、鎮魂《ちんこん》の色が濃い。

ぽつ、ぽつ、と雨が降ってくる。夏の闇がじっとり濃くなる。一顕は整と手をつないで歩く。誰かに見られてもいいや、と思った。もしその誰かが友達だったり家族だったりして、自分たちを受け容《い》れられないと言えば、一顕は整だけを選ぶ。たぶん、そんなに悩まないし苦しまない。整を、この手を失うほうが耐えがたいから。けれどおしまいの日は必ず来るので、冬眠に備えるくまみたいに、ささやかな思い出を備蓄《びちく》するしかない。去年の夏、今年の夏。来年も再来年《らいねん》も一緒の夏を送れますように、という祈りさえいつかできなくなるから、今のうちにたくさん思っておこう。

海までたどり着けないだろうけど、その代わり、夏が終わるまでに整と一緒に海を見に行こう。


(初出:J・GARDEN無料配布小冊子/2017年10月)

| Kazuaki×Sei |

MELLOW RAIN

ハートがかえらない

[futtara doshaburi] complete editon

「鳩《はと》の首色のマフラーが欲しくなる時がある」

と整《せい》が言った。一顥《かずあき》のマンションに近い、川沿いの遊歩道を並んで歩いている時だった。手すりには鳩が何羽か止まっているので、それを見てつぶやいたのだろう。

「鳩の首って何色？　紫？　灰色？　緑？　青？」

「敢《あ》えて言うなら玉虫色？　光の加減で見え方が違うじゃん」

「そんな派手なの巻きたいんすか？　似合わないと思いますよ」

はっきり言うと、整はちょっと不服げな顔をした。

「この時季になると、鳥がふかふかしてるだろ。そんで、自分の首の羽根に埋《う》まって暖取《だん》ってるだろ、ふーって感じに目細めてさ。あれを見るといつもうらやましい」

「それ、マフラー欲しいとかそういう話と全然別じゃないすか」

でも確かに、冬場の、着膨《きぶく》れたようにころころしたすずめを見たりすると便利でいいなと思わないでもない。

「クリスマスプレゼントにしましょうか」

「いーよ、似合わないんだろ。ていうか売ってないと思う——あ、見て、あれ」

川面《かわも》にゆらゆら遊んでいる（ように見えた）鴨《かも》の群れの中の一羽がくにゃっと首を曲げて音もなく水中に没した。にぶい緑色の川は透明度が低くてすぐに姿を見失う。

「魚獲《と》ってんのかな」

「さあ」

ふたりして手すりに寄りかかると、休んでいた鳩は物憂《ものう》げに飛び立つ。あ、ごめん、と整が軽く謝った。

「どこらへんから出てくると思う？」

「うーん、じゃあああのへん」

一群からそう遠くない場所を適当に指す。しばらく水面の動きを見守ったが、一向にその気配がない。仲間の鳥は知らん顔で漂うばかりだ。

「……水鳥も溺《おぼ》れるのかな」

「ないでしょ」

と答えたものの、つい軽く身を乗り出す。

「あっ」

潜《もぐ》った地点から百メートル近くも離れたところから水鳥が現れ、もう一度浮上を試《こころ》みるようにばしゃばしゃ水をかいたが、急に気が済んだとでも言いたげにすっと羽根をおさめ、お風呂のおもちゃと同じかたちに落ち着いた。

「おお、すげえ」

ほのぼのと見えてもそこは野生動物、人間の基準でスペックを測《はか》ってはいけない、と感心したのだが、生ハンティングを期待していたらしい整は、何もくわえていない鴨に「何がしたかったんだお前は？」と理不尽な文句をつけている。

「……何だよ」

声には出さなかったのだけれど、笑っているのが伝わったようだ。

「や……半井《なからい》さんて動物に素で話しかけるからおもしろいなーって」

「してないよ」

「いや、してるじゃん。さっきも今も。猫見かけても『何してんの』とか普通に言うし」

さりとて動物大好きというわけでもなく、たぶん本気で交信を図《はか》っているわけでもなく、淡々としゃべる。

「すごい痛いやつみたいに言うなよ」

「痛くないすよ、おもしろい。縁側《えんがわ》で猫と会話してるじーちゃんを痛いと思う人はいないでしょ」

そのたとえはますます整の機嫌を損《そこ》ねたらしい。

「萩原《はぎわら》年末調整早く出せよ」

「それ今関係あります？　てかまだ保険会社からはがき来てないし」

「営業部の連中は毎年遅いから今言っとく」

「忙しいんすよー十二月は」

「誰だって忙しい」

「えー」

左右に、かすかに振れるように歩く（特に目的がない時の、整の歩き方）後ろ姿を見ながら、そうかもうすぐ十二月だ、と思う。きっともっと陽射しはつめたく透き通り、目が開けられないくらいに濁《にご》った川を光らせるだろう。


待ち合わせ場所で三人落ち合うと、一顕が「ちょっとすいません」と片手を上げた。

「あれ、買ってきていいすか」

指差した先は、銀行の横でちょこんと営業している宝くじ売り場だ。

「あ、どうぞ」と平岩《ひらいわ》が頷く。

「思い出した時に買っとかないと忘れちゃうんで——すぐ戻ります」

数人の列に連なる一顕を見て平岩が「萩原さんて宝くじ好きなの？」と訊く。

「さあ、聞いたことないけど。わざわざ並ぶからにはそうなんじゃない」

すぐ戻ってきた一顕の手にはけっこうぶ厚い束があって、ふたりで驚いた。

「お前、何枚買ったの？」

「百枚」

「夢見すぎだろ」

「俺じゃないすよ、いや俺の金も入ってるけど」

営業部で毎年共同購入しているぶん、と店に入ってから一顚は説明した。

「今年俺が買う当番だったんで。人の金預かってんのって居心地悪いから早く買いたかったんすよ」

「共同購入ってまたそんな、争いの種になるようなことを」

万が一の時、人間関係が破壊されそうじゃないか。

「いや別に当たんないし……とか言っておととし当たったんですよね、十万円」

「おー、すごいじゃないすか。山分けですか？」

平岩の問いに、いやそれが、と苦笑する。

「飲み会の資金にしようかって言ってたんですけど、課長が『守りに入るな！』って、結局次のサマージャンボに全部突っ込みました」

「それで？」

「惨敗《ざんぱい》」

「もったいねー……」

「百万なら反対意見も出たと思うけど、ま、いっかみたいな」

「そういえば」

スペアリブを熱心にかじっていた平岩が口を開いた。

「俺、半井と初めて口きいたの、宝くじきっかけだった」

「え、全然覚えてない」

「何でお前はそうナチュラルに薄情なの？」

記憶にないものは仕方がないじゃないか。

「どんな話したんすか？」

「えっとねえ、一年で、語学のクラス一緒だった。そんで皆でめし食おうってなった時に、ちょうどさっきみたく、待ち合わせ場所に俺と半井だけいたんすよ。それまでしゃべったことなかったし、ほら、こいつってあんまフレンドリーな雰囲気じゃないから、ちょっと気まずいな、早く誰か来ないかなーってそわそわしてて」

指についたソースをナプキンで拭《ぬぐ》いながら、友人の顔は楽しげにほころんだ。

「で、半井がじーっと宝くじ売り場見るから、買うのかなって思ってたら、急に俺のほう向いて『あの小屋にいるお姉さんが、当たりくじ手渡した瞬間にピシャッ！ってシャッター閉めて逃げたらどうなるのかな？』とか真顔で言うんですよ」

「小屋て」

と一顕も吹き出した。

「何こいつ、涼しい顔してそんなことずっと考えてたの？って思ったらすげーおもしろくなっちゃって『三億円当たったらどうする？』って訊いたら、めんどくさそーに『毎日エビアンの風呂入るとか?』だって」

「ぽい。半井さんぽい」

「言ったかなー……」

「萩原さんなら三億当たったらどうする? 会社辞めちゃう?」

「かもしんない。一億なら辞めないけど。それで、軽めのバイトしながら生活レベルは変えず普通に暮らすかな。タクシー気軽に乗るくらいで」

「夢がないけどそんなもんですよねー」

「大人になると、欲しいもんもそんなになくない?」

と整は言った。「ないってことはないんだけど、高級車とかマンションでもない限り、普通に買えちゃうじゃん。ボーナス待とうかな、って感じで」

「独身だからだろ」

「んー、そうじゃなくて、子どもの頃ってとにかくいろんなものが欲しくて、特に十二月なんか、世界中がきらきらして見えた」

「そりゃやっぱ、自分で金稼《かせ》げないからでしょ」と、一顕。

「そーそ。手段がないと目的もすばらしいものに見える」

ちょっと一件連絡、と一顕が席を外した後、からかう口調で平岩が尋ねた。

「半井、この店は覚えてる?」

「覚えてるよ」

平岩と再会した店だ――一顕と一緒にいる時に。

「平岩もよく名刺なんか預けようと思ったよな。怪しまなかった?」

「そりゃ最初は面食らったけど、萩原さんも名刺見せてちゃんと身元明かしてくれたし、おかしな人間じゃなさそうだって判断したから。俺、人を見る目はけっこう確かなんだよ」

「自分で言う?」

「ほかに誰も言ってくんないから」

「それ、確かじゃないいんだよ」

「あっれー……まあいいや。お前の同僚って聞いた時は、何かすごいへんな感じしたよ。半井がサラリーマン?って。そんで、ああ、時間経ったなあ、大学生だったのってもう昔なんだなあってしみじみして……俺は働いてる半井を知らないけどこの人は知ってて、何でか一生懸命ぽくて、だから、お前が無愛想だけどぽろっとおもしろいのとか、律儀《りちぎ》なのとか、そういういいとこをちゃんとわかってくれてんだろうな、と思って嬉しくなった」

「親かよ……」

あまりに照れくさくて顔を背《そむ》けてしまった。友達と、友達じゃない男の両方に大事にしてもらっているので。子どもはてらいなく愛されることができるけど、大人になると「大切にされる」のは気恥ずかしい。

気恥ずかしい、ということは、その得難《えがた》い価値を理解できるようになっている、ということだ。

「すいません」

一顕が戻ってくると「ちょっと会社戻らないといけなくなりました」と言う。

「トラブル？」

「在庫の手配にミスあったらしくて。平岩さんすいません、また埋め合わせさせてください」

「いやいや、大変すね、頑張って」

「はい、じゃあ」

「俺もそこまで行ってくる。平岩、ちょっとひとりで飲んでて」

「はいはい」

一顕について店の外に出ると「どしたんすか」と言われた。

「いやどうもしないけど。え、なに、悪いの？」

「いいけど」

こいつ時々、怒りを覚えるほど鈍《にぶ》いな。一顕はコートのポケットに手を突っ込んで宝くじの重みを確かめている。

「宝くじ買うと、窓口の人が『当たりますように』って言ってくれるでしょ」

「そうなの？　買ったことないから知らなかった」

「俺、それ言われるたび軽くうろたえるんすよ。恥ずかしいっていうか、いや、そんなに本気で買ってませんからみたいな。後ろに誰か並んでると特に、言い訳したくなる」

「いやなんだ」

「んー、でもちょっと嬉しい。決まり文句でも、お祈りしてくれてる感じが」

「そんなんでいいんなら俺だっていくらでも言ってやるよ。何祈る？」

「うーん、じゃあ年内の数字達成できますように」

「つまんね」

「切実なんだって——ここでタクシー拾うから」

「うん」

車通りの多い交差点に出て、それでもまだ隣で立っていると優しい声で「戻んないと」と言われてしまった。

「平岩さんひとりで飲ませてたらかわいそう」

「わかってるよ」

「また今度」

でも、一顕は仕事納めの日まで土日もずっと忙しく、飲みに出られるのはきょうだけだった。整はカレンダー通りの休みなので、部屋に行って待っていれば会えはするけれど。

「……道端だしな」

整の手を一度、こっそり軽く握って別れのあいさつにし、一顕はタクシーに乗り込んで行った。そんな温度は一瞬で消えてしまう。車を見送る。通りの街路樹は残らず電飾を巻きつけられて光っている。LEDって言っときゃ何でもビカビカさせて許されると思いやがって、と誰にともなく内心で悪態《あくたい》をついた。

目を細めると、イルミネーションは雨の晩の濡れた路面にぼんわり浮かぶ街灯《まちあか》りとよく似ている。

子どもの頃は、欲しいものがたくさんあった。

大人になるとそうでもなくなり、その後はたったひとつのないものねだりに駄々をこねてもがいた。

今は、どうしたらいいのかな、と思っている。

手に入れても入れても欲しいっていうのは、どうしたらいいのやら。

量販店の売り場で、同僚と一緒に閉店後のディスプレイ作業を手伝った。POPや看板を置き、壁面に百インチのテレビを設置する。技術屋ではないものの、就職してから配線関係にはだいぶ詳しくなったので、エアコン程度なら道具さえあれば自力で何とかできる。

「こんな感じでどうですか？　曲がってません？」

「おーばっちり、お疲れっすー」

「ふたりとも、ちょっとあっちで飲もうよ」

「え、いいんですか？」

「たまにはね」

ホームシアターを模した展示スペースのソファにどっかり掛けて、店の担当者がコンビニで買ってきた缶ビールを開ける。もちろん本来は、お客さまに映画館クオリティの音と映像を体感していただくためのエリアでございます。

「あ、俺きょう烏龍《ウーロン》茶でいいや。萩原くんたちは気にせず飲んで」

「身体の具合でも悪いんですか？」

いつもよく飲むのに、とふしぎに思って尋ねたら「きょう帰ったらやんなきゃだからさー」という答えが返ってきた。

「前回、忘れてて酔っ払っちゃって、嫁の切れ方半端なかった」

……ああ、なるほど。

仕事上のおつき合いの相手だし、一顕はあまりその種の話題に触れたくないので「そうですか」と軽く受け止めるに留めたが同僚は「これからまだ仕事残ってんのに帰って嫁抱くってきつくないすか」ときわどい発言をする。

「きついきつい。眠らせてくれよって思うけど、まー向こうも好きで誘ってんじゃないからねー、もうお互い作業。決まった手順で、はい、はい、はい、終了！　みたいな」

「あーわかりますそれ」

独身者としてはこういう時、どう絡んでいくのが正解なのか分からない。へたに口挟むと事故りそうでやなんだよな。

「もう俺、グッズの力借りてますからね、普通に。単三電池二本で。振動大事」

「嫁怒んない？」

「短い手間で確実にいけるんだから向こうも楽でしょ。年食うとやっぱ身体のほうはね、コンディションにむちゃくちゃ波が出てくるじゃないすか」

「うんうん。何かさー、勃《た》たない時って何で謝っちゃうかな」

「『ごめんきょう無理みたい』って」

「そう。俺の落ち度じゃないよね、別にね。心意気だけじゃどうにもならないんだから」

何この身も蓋《ふた》もない会話。夫婦生活って言うくらいだからそれはもう日常と分離できない行いで、ときめきだのムードだの重視してる場合じゃなく、それゆえの便利さも気楽さもあると思う。

だから別に悪くないけど、胸にしまっててくれ――……でも言いたいんだよな、たまらなく、叫び出したい気持ちの時もあるんだよな。わかるがゆえにつらい。

「萩原くんはいいよねー」

突然サイコロがこっちに転がってきたので、ごくりと苦いビールを飲み込む。

「何がですか?」

「独身だし若いしさ、今がいちばんいい時期」

「そう、研究とか創意工夫する余地があるもん」

「いやいや……」

「こういう、爽《さわ》やかないい男に限ってえげつないこととしてるんだよなー」

いったいそれはどこ調べのデータ?と思いながら愛想笑いで詮索をかわし、へとへとになって帰宅してから整に電話した。

「男が男にああいうこと言うのがセクハラにならない理由がわからない」

『訴えりゃ成立するんじゃねーの』

あけすけな性事情の暴露をコミュニケーションの有効ツールだと思い込んでいる男は一定存在するので、普段はああまたかと一分で忘れるように努めているのだが、師走《しわす》の疲労が蓄積されているらしくものすごく精神を消耗してしまった。

『女も女のどぎつい話とか聞かされてんじゃない?』

「それもつらいなー。……てか半井さん、どこでしゃべってる?」

いつもと違って声が膨《ふく》らんで聞こえる。

『あ、わかる? 風呂場』

「防水だっけ」

『いや、スピーカー買って。ていうか買わされて。Bluetoothで、通話もできるやつ』

ボーナス時期になると、各種製品の社販用パンフレットが配布される。要は還元しろということだ。

『引っ越しん時一式買ってもう当分何にもいらねーよって思ってたんだけど、係長がねちねち言ってくんの。社の一員としての自覚がないとか。いつもなら無視るけど忙しかったから、買ってやるし黙れよ的な』

「でもそんな高くないでしょ」

『五千円くらい』

「ていうか」

『うん?』

「今、裸なんだ」

『そこに食いつくか』

整はすこし笑い、ぱちゃぱちゃ水音を立てて聞かせる。

「あ、どきどきする。どっから洗うの?」

『もう洗ったって』

服も脱がず行儀悪くベッドに転がるほどには疲れているのに、電話の向こうの身体のことな

らたぶん本人よりもよく知っているほどなのに、嘘じゃなくどきどきした。

あーよかった、ちゃんとときめいてる。よそはよそ、うちはうち。

やむを得ず致します、という状況が訪れないとは限らないけれど、それでも、こんな気持ちになる瞬間があったことは覚えていられるだろうに。

「……セックスしたいな」

シンプルな要望に「うん、俺も」というシンプルな同意が返ってきて、一顕はそれが何より嬉しい。


あ、大事なこと思い出した。

「萩原、頼みがあるんだけど」

「ん？」

「今度、総務で飲み会しなきゃいけないんだよ。いい店知ってたら教えて」

「忘年会してなかった？」

「今期中に使い切らなきゃいけない予算があるんだって。二次会とかしないし、さらっとアリバイ作りだけの飲み会なんだけど、俺幹事になっちゃった」

顎《あご》の下でさわさわ動く頭に向かって説明したが、返事がない。

「聞いてる？」

「聞いてる聞いてる。日時と大体の人数教えてくれたら俺が予約までしときますよ」

「いやそれは悪いから自分でするし――……あ、こら」

お互いに日付をまたいだ残業の真っ最中――の休憩中で、ちょっといちゃついて戻るはずが、立ったままネクタイを緩《ゆる》められ、ボタンをふたつ外され、首すじだの鎖骨《さこつ》だのに吸いつかれてる真っ最中。

「ん……」

無人を確認ずみのフロア、行き止まりのリフレッシュスペースで、人の接近はすぐわかるし――と思っていると、さっそく曲がり角の奥でセンサーの照明がついた。

「誰かくる」

取り急ぎ一顕を引き剥《は》がしてボタンを留め直す、と姿を現したのは総務の先輩社員だった。

「あっれー、半井くんがさぼってる〜」

「どうしたんですか、わざわざこんなとこまで」

「ここの自販機にしかはちみつレモン売ってないんだもん」

彼女が財布を開けようとするのを制して、一顕が百円玉を投入した。

「あったかいほうですか？」

「うん。でもいいの？」

「ちょうど小銭で財布重かったんで。その代わり、俺もさぼってたこと営業には黙っててくださいね」

「オッケー、交渉成立ね。ごちそうになります」

うまいなー、と整は感心する。こういうちょっとした場面で、一顕は身体が勝手に動いているみたいにさらりと優しい。それでいて誤解させるような空気も作らないし。

「組合もまだ交渉やってるよ。粘《ねば》るねー」

「妥結《だけつ》してないんですか」

「このぶんだとボーナス越年《えつねん》の危機」

「え、その場合年末調整は？」

「んーとねー、十年くらい前にもあったんだよ。たぶん、仮払いで一律三十万とかくれて、残りは来年。でもそれだとさ、足りない人がいるでしょう、ローンの支払いとか。だから臨時貸出し窓口作って対応かな。あす以降、経理と相談しないと」

「あーまた仕事が増えた……」

「クリスマスつぶれちゃうかもね」

「それは別にいいんですけど」

どうせ一顕も遅いだろうし。

「大人になるとクリスマスなんか別にいいわってなるよね。うちはまあ、子どもがいるからそうもいかないけど」

「プレゼントもう買いました?」

と一顕が尋ねる。

「子どもって言っても高校生だし、ものよりはお小遣いかな。本人は未《いま》だにお父さんっ子だから、パパと買い物行きたいとか言うけど、夫がいやがるのよ」

「何でそんなぜいたくな」

「ほら、怪しい商売の子と歩いてるって白い目で見られるんじゃないかって。JKお散歩だっけ? そういうの」

「いや考えすぎでしょ」

「そうかなー。ていうか男ってわかんないわー、私、男子高校生とどうこうしたいとか全然思わない。しかも、お金払うんだったらもっといろんなことしてくれるお店がいくらでもあるわけじゃない? 何でお散歩なの、っていう」

「そりゃ、お散歩きっかけにタダか格安でもっとすごいことさせてもらえるかもしれないって期待してるからじゃないすか。素人《しろうと》だと、そういうガードも甘そうだし」

「えー、じゃあいやらしいのは抜きで、純粋にほのぼのとお散歩を楽しみたい男は存在しないってこと?」

いや、と整が異議を唱《とな》えようとしたら一顕が先んじた。

「やらしい期待せず金で散歩だけしたいって、そっちの感情のほうが汚いと思いますよ」

「うん、汚い。いやだ。ちっとも純粋じゃない」

整も同意する。

「そうなの？　うーん、ほんとわかんないな、男心は」

「男心っていうか、俺たちはそう思うってだけで」

「ふーん……じゃあ君たち、気が合うのね。全然キャラ違うっぽいから、ふしぎだったんだけど」

「まあ、合うっちゃ合うかな」

限られたジャンルにおいては。

互いにしかわからない視線をかわす。


年末は、どうにか二十九日で切り上げられそうだった。その旨《むね》を実家にメールしたらすぐ電話がかかってきて、いつ帰ってくるの、と言う。

「んー……じゃあ三十日。そんで三泊くらいする」

『じゃあって何よじゃあって』

「あ、もう家着いたから切る。おやすみ」

しぜんにため息が出てしまう。久しぶりに地元の友達と会うのは楽しみだけど、実家ではどうせやいやい言われるのだ。

何であんた別れちゃったの、と。

父親からは、そっとしておいてやれという気遣いを感じるのだが、母親のほうは一切のちゅうちょなく突っ込んでくる。あんないいお嬢さんだったのに、責任取る気がないんなら最初っから同棲《どうせい》なんてしなきゃいいのよ、先方に申し訳ない……そしてその後は「で、どうすんの？」と続くに決まっている。

――もし、ほかに好きな子ができたんならそれはしょうがないわよ、でもだったらさっさとうちに連れてきなさい。今度は籍《せき》も入れずに同棲なんか絶対させないからね。

「うぜー……」

エレベーターで独り言が洩れてしまった。はいはいといなし続けたとして、何年経ったら親は察して、というか諦めてくれるのだろうか。この子は家庭を持つ気がないんだわ、どうしてだかちっともわからないし訊けもしないけれど――という腫《は》れ物として。

腹をくくって整を紹介する覚悟ならもちろんあるけれど、向こうはそれを望んでいないと思うし。

――……あ。

駄目だ、疲れすぎて心がすさんでる。ほんの一瞬だけど、あの人は誰にも取《と》り繕《つくろ》ったりしなくていいんだよな、という考えが浮かんでしまった。魔が差したってやつか。

両親がいないから、なんて。

最低、とゴンドラの壁に一回頭突《ずつ》きして降り、家の鍵を開けると整の靴があった。

「おかえり」

「……ただいま」

ついさっきまでの後ろめたさでどきりとし、声が沈む。整は気にせず「つらそうだな、風呂入る？」と言ってくれた。

「うん」

入ってほしい、というようなニュアンスを感じたのですぐ着替えを出してそのまま風呂場に行く。

「――わっ」

扉を開けたら、湯船がいちめん鮮やかに黄色かった。ぼこぼこと、丸いものが浮いている。

「何かすごいんだけど」

声をかけると整が顔を覗かせて「冬至《とうじ》だから」と笑う。

「あ、きょうか」

「完全に忘れてただろ」

「いやそれにしても、俺が浸《つ》かるスペースないでしょこれじゃ。やりすぎ」

「ニュースで見たカピバラもこんくらい浮かべてもらってたよ」

何で一緒にするかな。

「半井さんも入る？」

「いや、さすがに決壊《けっかい》しそうだから。それに疲れてんだろ、ひとりでゆっくり入ったほうがいいよ」

「……ありがとう」

黒い物思いをこそげ落とすように全身ごしごし洗い、柚子《ゆず》の群れにお邪魔しますといったていで浴槽《よくそう》に浸《つ》かると柑橘の香りが頭の中にまで充満し、とろりと目を閉じてさっきとは違う息を吐いた。

ほっとする。目の粗《あら》い柚子の肌にぷつぷつあいた穴からいっせいに芳香が漂《ただよ》い出している。その粒子《りゅうし》が目に見えたら、海中で卵を放散する珊瑚《さんご》みたいだろうと思う。

全身がふやふやになるまで湯の中で脱力し、風呂上がりはビールを飲みながら頭を乾かしてもらった。一顕が床に座り、整がソファにかけて後ろからドライヤーを動かす。

「何ここ天国？」

「やっすい天国だな。あ、後で冷蔵庫見て。いろいろ入ってるから」

「ケーキ？」

「ユンケルとか胃腸薬とかウコン」

「あーありがたいっすー、ケーキよりよっぽど」

「だろ」

整は指で髪をかき上げ、くまなく温風を当てる。奉仕《ほうし》してもらっている、というよりはグルーミングに近い気がするがとにかく気持ちいい。

「半井さん」

「うん？」

「年末年始ってどうすんの」

「家でテレビ見てる。録《と》り溜めたドラマ全然消化してないし、テレビジョンも買って準備万端《ばんたん》」

そうかこの人、テレビ大好きだったよ。

「平岩さんボード行くとか言ってなかった？」

「一応誘われはしたけど、寒い時に寒いとこ行きたくない」

大体予想どおりの答えだった。

「萩原は実家帰るんだろ？」

「うん」

「親孝行すんの？」

「こないだよかれと思って『皇潤《こうじゅん》』送ったらお袋がぶち切れたから、余計なことはしない」

大笑いされた。

「お母さんって何歳？」

「五十四」

「そりゃ怒るだろ」

「そうすか？　だって肩痛い腰痛い年取ったってしょっちゅうこぼすから」

「萩原って、そういうの絶対外さないイメージあんのに、何でよりにもよって母親にそれなの？」

「ウケ狙いのつもりがあったのは否《いな》めないけど、まさかのマジギレだった」

「ばっかだなー……はい、おしまい」

すっかり乾いた髪を手で軽く撫でつけると、整は短いそこに鼻先をぐりぐり突っ込んで「ほこほこしてる」と嬉しそうにつぶやいた。犬か俺は、と言おうとしたけど、大あくびに邪魔されてしまった。

「すっごい柚子の匂いする。寝よっか。泊まってってていい？」

「当たり前」

ベッドの中も布団乾燥機でふかふかに暖められていて、体温になじむまで身体を丸めて耐える必要はなかった。しかし快適すぎて眠気に下心が負ける。

「半井さん、したいよー……」

「でも半分目閉じてんじゃん」

「ユンケル取ってきて」

頭はセックスしたくても、首から下はシーツと融合《ゆうごう》してしまって動かない。

「バカ、やめとけって。そういうつもりで買ってきたんじゃないし」

「悲しい……」

本気でこぼすと整の唇が上からかぶさってきた。

「萩原、きょうはでっかい犬みたい」

やっぱりそう思われてましたか。整はきゅっと一回、鼻をつまんでから「最近、自分で抜いてる？」と尋ねる。

「……してない、二週間くらい。こないだ、しようと思ってたけど結局パンツに手突っ込んだまま寝てたし」

「あるある」

まだほかほかやわらかい前髪を軽く梳《す》くと整は上体を起こし、一顕の脚のほうへと移動する。

「じっくりいきたい？　さくっといきたい？」

「……さくっとで」

「了解」

スウェットが下着ごと、身体を動かさなくてもいい程度にずらされ、そこに整の手が伸びる。

「は――」

こんなに眠くて、今にも落ちそうなのに触れられただけで率直に息づくのが分かった。自分の一部であってそうじゃないみたいに、もうろうとした神経の中でその一点だけクリアな感覚が生きている。疲れている時にやたらと性欲が覚醒するのは本能とはいえ、男の身体って間抜けだと思う。

でも、同じ構造を持つ整は、手の中で硬くなった性器を撫でて「かわいい」と言った。

「超素直」

さくっとコースの割に優しくゆるやかにそこを擦るから快感というよりふわふわした浮遊感があって、あーまた寝落ちするかも、でもそれも悪くないな、などとぼんやり思っていたが、口の中に含まれて唇の圧がかかると、腰が一瞬跳ねた。

「うっ……」

どんどん深く包まれていくのが、わかる。性器の中心を貫《つらぬ》く管《くだ》が、その都度《つど》太くなってわなないているのも。

「あ、いく、まじですぐいく……っ」

もう、長く保《も》たせる見栄も張れない。いいよ、とくぐもった答えが返ってくる。なめらかに締め上げられたまま上下されると本当にすぐ達してしまった。整の喉奥《のどおく》に向かって、それは勢いよく。

「あ……」

「はい、お疲れ」

本日ぶんの体力がちょうどゼロになった感じで、もはや身じろぎもできない。整は吐精《とせい》したものをきれいに拭《ぬぐ》って洗面所で口をゆすいでから、隣に潜り込んできた。

「気持ちよかった?」

「ん」

ありがとうございます、とあやふやな滑舌《かつぜつ》で言うとちゃんと聞き取れたらしく「どういたしまして」と身体をくっつけた。温かい。

翌日の深夜帰宅した時、部屋はもう無人だった。自分で風呂の支度をして入ると、湯船にはまだゆうべの柚子の残り香が濃く、整が傍《そば》にいる時よりも何だかたまらない気持ちになった。

仕事の合間、すこしだけ空白が生まれる。取引先が渋滞に引っかかって一時間ばかり遅れそうだという連絡が入った。

「うわ、何か雨降ってきそうだな……萩原どうする? 昼も食ってねーし、ささっとどっか入るか」

「そうすね……」

早メシに傾きかけたが、すぐ近くに百貨店があるのを思い出し「ちょっと一件、用事すませていいすか」と言った。

「え、なに、プライベート?」

「はい」

「しょーがねーな、その代わり四十五分後には絶対ここな」

「分かりました」

小走りに目的地へと向かったものの、用事を完了させられる算段など実はない。クリスマスも過ぎたが、何か冬至のお返しを整にしたかった。でも具体的なアイデアがひとつも浮かばず、とにかくたくさんのものが並べてある場所に行けば何かしらアンテナが反応するかもしれないと他力本願《たりきほんがん》なありさまだ。あしたの夕方には実家に帰るし、それまでにおざなりだった掃除や洗濯を片づけなければならないし、今年じゅうに渡したいのなら買うチャンスは今しかない。

人でごった返す歳末《さいまつ》のデパートの、紳士服や靴やかばん売り場を足早に巡《めぐ》る。しげしげ眺めたら駄目だ。考え込んだら迷いが生じるし、優雅に吟味《ぎんみ》している暇はない。第一印象、目が吸い寄せられる、足が止まる、それが大事——。

一顕が思いがけず立ち止まったのは、フレグランスのコーナーだった。行きたいのはその奥にある財布やベルトのエリアで、まったくの通路としか思っていなかった。だって香水ほど整は難しい贈り物はないし、そもそも整はそんなのをつけていたためしがないのだから。

でも、中途半端に浮いた片足を戻し、凝《こ》りに凝った意匠《いしょう》の壜《びん》が並ぶ一角へと近づいた。

「すいません、これ頂けますか？」


やっぱり、ノープランでもとにかく足を使ってみるのが大事だと実感した。まったくの想定外だったが値段はプレゼントにふさわしく（なかなか自分で買う気にはならない、という意味で）、大きさはかさばらずちょうどいい。割れ物でもナマモノでもなく、ちゃんとギフト包装もしてもらえた。当の整にはまったくぴんとこないしろもので、高くついた自己満足に終わる可能性もあるけど、その時はその時だ。

百貨店を後にし、集合場所に戻ろうとすると、消防車が数台、猛スピードで一顕の前を通り過ぎた。けたたましいサイレン。パトカーも続く。何だ、火事か。ものものしい一団は瞬《また》く間にカーブの向こうへ消えていき、一顕は再び歩き出そうとした。野次馬の趣味はない。

「え、何かすごくね、火事？」

「かなー」

背中に、カップルの会話が聞こえてくる。

「Yビルのとこ人が群がってるとか、さっき歩いてたおじさん言ってなかった？　――きゃっ」

目の前にいた一顕が突然回れ右したものだから、女のほうは驚いてちいさく叫んだ。

「おいっ」

「すいません」

彼氏の抗議におざなりな謝罪を投げ、走り出した。

だってYビルって、確かきょう、ていうか今、半井さんが。

日程を調整した結果、今年最後の日曜日というふざけた日に昼飲みをしなければならなくなった、と文句を言っていたのだ。それで、一顕が交通の便のいい、手頃な店を教えて。

それはビルの中にあるビアレストランで。Yビルの。

建物がある方角の空を見上げても、黒煙《こくえん》などは見えない。でも周辺の高層ビルに遮《さえぎ》られているだけかもしれない。あのサイレン。緊急車両の数。

逆方向に流れるコンベアーの上を進んでいるようにもどかしかった。まさかそんな、という楽観で何度心を支えようとしてもすぐにぽきりと折れた。

まさかそんな、自分の身の上にこんなことが起きるはずがない。

半井さんだって、そう思ってたはずなんだ。

ある日突然、両親が一瞬でいっぺんに死んでしまうなんてありえない、って。

かたかたとかばんの中で揺れているのは、買ったばかりのプレゼントだった。たった今まで、あんなに楽しい気持ちでいたのに。

鳩の首色のマフラー、別れ際の名残惜《なごりお》しそうな顔、夜中に会社で飲むコーヒー、柚子の匂い。

ぜんぶが胸をぎりぎり痛めつける過去になってしまうなんて、そんなことが。

俺があの店を紹介しなきゃ、って後悔を、一生。

はら、と白い埃《ほこり》めいたものがつめたい風に遊ばれながら宙をさまよい、そのうちコートや髪にぱさりと乾いた音を立ててくっついた。払えば、手の熱で溶ける。上空の曇天《どんてん》は雨じゃなく小粒のみぞれを降らせ始めていた。

信号には引っかからずにすんだ。走って、本当に一歩も休まず走って、ビルの建つやや入り組んだ路地に入った。

そこにはもう幾重にも人がたかっていて、頭や肩のわずかな隙間から、黄色い立ち入り禁止テープが張り巡らされているのが見える。消防車は赤色灯を灯《とも》したまま停まっていた。ライトの前で、みぞれの白は赤に染まらずくっきりと鮮《あざ》やかだ。炎も煙も見えない、では何か別の事件や事故なのだろうか。

物見高い人混みを無理やりかきわけ、規制線ぎりぎりまで進んでいく。誰に止められても絶対行く、とその境界をまたぎ越そうとした時、

「萩原?」

ビルの入り口から、整が出てきた。

どこも、焦《こ》げも燃えもしていない。

「え、どしたの？　てか、消防車すごいな」

「……半井さん」

名前を呼んだ。生きている整に、ちゃんと答えが返ってくる呼びかけを。

「何ともない？」

「ないない。何か、俺らが飲んでる真下の居酒屋で魚焼く煙に報知器が反応しちゃったんだって」

警報音は上階まで響き渡り、何事かと外に出たが異変はなかった。ただ、ことの次第を知っても「じゃあ戻って飲み直そう」という空気にはならずその場で解散、整は会計をすませるため入っていくところだったのだという。

「ちょっとラッキーだった……とか思っちゃ駄目か、大騒ぎだもんな」

周囲の騒然に声をひそめる整の前で、一顕はかくんとしゃがみ込んだ。

「おい！」

「はは……」

よかった、と腕の中に顔を伏せて誰にも聞こえない声で繰り返した。膝がふるえている。

「……萩原」

このまま立てんのかよと懸念《けねん》するほどだったが、内ポケットで携帯が鳴った瞬間サラリーマンの習性が勝《まさ》り、即座に起立すると「はいっ」と電話に出た。

『お前、どこほっつき歩いてんだ。五分オーバーしてんぞ』

「すいません、すぐ戻ります！」

しゃべりながらもうきびすを返し、再び野次馬の中に突入していく。一度だけ振り向くと心配そうな整と目が合ったので「後で！」と唇の動きだけで伝えた。


遅刻を叱られはしたものの仕事のほうは順調に進み、終電滑り込みで今年最後の通勤が終わった。みぞれは小雪に変わり、傘を差すほどじゃないと油断しているとコートの肩が結構濡れた。

家では整が待っていて、一顕の顔を見るなり「ごめんな」と謝る。

「心配かけて」

「いや、勝手に勘違いしただけだから……」

我慢できず、玄関先でコートを脱ぎ捨てるとぎゅっと抱きしめた。首にあたる一顕の鼻が氷みたいだと整が笑う。

「……ばちが当たったかと思った」

「何で？」

「半井さんは……独りでいることとか、親にうるさく突っ込まれなくていいんだって、考えたから」

予告も理由もなく日常を奪われる痛みを知りもしないくせに。

「ごめん……」

怒られるかも。軽蔑されるかも。でも黙っておくのはいやだった。身を固くしてお裁《さば》きを受ける心境で整の反応を待ったが「何だそんなことかよ」とあっさり背中を叩かれた。

「まじめだなー萩原。俺だって時々思うもん、気楽だって。別に今、親不孝してるつもりもないけど」

「……ほんとに?」

「そりゃ、生きててくれるに越したことはないよ。でも記憶の中で美化してる部分もあるだろうし――……うん」

整は腕に力をこめて「一度だけ言わせてくれ」と言った。

「忘れないし、思い出して悲しい時だって当たり前にある。でも、ずっとそこで立ち止まってたら、和章《かずあき》がかわいそうだ」

久しぶりに聞いた。同じであって全然違う、名前。

「俺が今好きなのは萩原だし、もう一生会わない。もし道ですれ違ってもお互いに声もかけない。でも、和章のためにしゃんとしていたいと思うのを許してほしい」

「わかった」

正直に言うなら、快《こころよ》く、というわけにはいかない。でも、一顕が好きになったのは「一顕じゃない男」をひたすら好きでいる整だった。コインを裏返すように「一顕」の面が出たらほかがすべて隠れるわけじゃない。誰だって割り切れない部分で恋をしたり、抱いたり抱かれたりしている。

ぐりぐり頭を押しつけてくる整のために、自分の気持ちを嘘にしないために、一顕はその告白を受け容《い》れた。

「ありがとう。……おかえり」

「ただいま」

よかった。また会えた。何度でも、また会いたい。


シャワーを浴びて出てきた一顕から、リボンのかかったちいさな箱を手渡された。

「なに？」

「遅くなったけど、クリスマスっていうか、そんなようなもの」

「えー、俺してないのに？」

「してくれたじゃん、冬至にいろいろと」

「だってあんなの――とりあえず、開けてもいい？」

「うん」

リボンを解《ほど》き、蓋《ふた》を外す。中はまた何かのケースになっていた。ぱちんと開けると、黒いベルベットの上で輝く銀色が目に入る。アイスクリームスプーンよりややちいさいくらいの、平たいシルバー。片方は半円にカーブし、もう片方はペンシル型に尖《とが》っている。

「……スティフナー？」

「うん」

シャツの襟《えり》に挿して、生地をまっすぐ保つための。

「すごい、俺、こんなちゃんとしたの使ったことない」

「俺もないけど、店で見たらきれいだったから。外から見えないものに似合うっていうのもおかしいかな」

老舗《しにせ》の香水メーカーの刻印が入っている。そっと指先で触れると、つややかな光沢《こうたく》の、そこだけ息をかけたガラスのように曇《くも》ってしまった。むっと眉根を寄せる。

「指紋ついた」

「そりゃそうだろ」

二セット、四本並ぶうちの二本を取り、一顕に差し出す。

「半分ずつな」

「や、でも」

「一緒に使おう」

一顕は、しばらくをそれを照明に透かすようにためつすがめつしていたが、やがて手のひらにぎゅっと握って「うん」と頷いた。

「半井さん、俺考えたんだけど」

「ん？」

「今年は、実家に帰らないことにする。来年以降どうするかは決めてないけど、とりあえず今年は半井さんと一緒に過ごす」

反対されると思っているのか、もう決めたから実家にもちゃんと連絡したからと強弁《きょうべん》する一顕にそっと顔を寄せる。

「……俺も、そう言おうと思ってた」

「ほんとに？」

「うん」

何にもいらない、傍にいて。

「雪、たくさん降ってた？」

「まあまあ」

「積もるかな」

上からかかる、一顕の体重。ああ、久しぶりだ、この感じ。

「『あとかくしの雪』って昔話知ってる?」

「知らない」

「貧しい女が旅の坊さんのために畑から大根盗んだら、坊さんが雪を降らせて、足跡を消して女が捕まらないようにしてくれる」

こっちもうろ覚えなので、かなり要約した説明に一顕はけげんな顔をする。

「気遣いの方向性がおもっくそ間違ってますね。そんな超能力あるんなら自分で何とかしろって感じ」

「まあ、俺もそう思うけど」

記憶に雪が積もって、何もかも忘れられたらいいのに、と思う時がある。後悔や痛みのせいじゃなく、唐突に「あ、めんどくせえな」と降ってわく投げやりな煩《わずら》わしさ、あれは何なのだろう。平岩が言うように、薄情な性格ゆえか。

「今まで」を全部失くして、今、ぽんっと生まれたみたいになって、覚えてないけど知らないけど一顕だけを好きなままでセックスしてみたい。

背中をやみくもにかき抱いたら一顕が「動けない」と言う。

「うん、でももうちょっとだけこうしてて」

目を閉じて一顕のリズムに集中していると、心臓の鼓動の誤差が、すこしずつ縮まっていく。やがてバイパスでつながれたようにぴったり音が重なると、一顕は「むり」と少々強引に上体を持ち上げる。

「生殺しだよ」

肌越しに、息で温められた心臓は脈を早くし、また一顕とずれる。それを残念に思う気持ちを咎《とが》めるように乳首を吸い上げられた。

「あ……っ」

やわらかな疼《うず》きの針にくまなく苛《さいな》まれるあやうい感覚が、舌でくるまれて甘ったるくなる。その繰り返し。前歯のふちがちいさな突起のさらに先端を掠《かす》めるとぞくぞく背を反《そ》らせた。

「や、あ」

治りかけの傷のかゆみに似た刺激はもどかしく、与えられても与えられても足りない。焦《じ》れて腫《は》れる尖りが血液の色をあらわにする。それでいて性感を存分に受け止めるにはちいさすぎ、吐き出す方法もないから熱を蓄《たくわ》えるのはそのもっと下だ。そっと触れられて悦《よろこ》び、発情してかたちを変えていく。

「あぁ、あっ……」

「キスしたい」

一顕は下腹部を抜かりなく愛撫しながら唇を求める。大きくゆっくり擦《こす》り上げたかと思うとくびれのあたりだけを小刻みに揺するように指の腹をあてられたりして、乱れる息もそのまま奪われる。

「んっ……」

唇の間で立つ湿った音と呼応《こおう》するように、弄《いじ》られる先端はひそやかに濡れ始める。とろ、とろ、としゃくり上げるような呼吸でちいさく窪《くぼ》んだ孔《あな》からあふれ、それが一顕の手と性器の間でぬるぬる広げられると身体のいちばん奥が勝手にひくつくのがわかった。本来の働きとは違うその逸脱《いつだつ》を、整はもうコントロールできない。

一度だけ唇に噛みつくと、一顕は整の下肢《かし》に顔を埋《うず》める。こぼし続けたもので、まろやかな先端はすっかり卑猥《ひわい》なつやを帯《お》びていた。

口腔《こうこう》をまさぐって熱くなった舌がそれを舐《な》め取ると、腺液《せんえき》はいっそう旺盛《おうせい》に分泌《ぶんぴつ》される。その臆面《おくめん》のなさは怖いほどで、でも、身体の中からあらゆる水を出してしまって、一顕の手と口であのスティフナーみたいにぺしゃんこにしてもらえたらうっとりすると思う。一顕とのセックスはいつも、身体をいちからつくり変える営《いとな》みに感じられた。

「や、だっ……！」

側面、背面《はいめん》と尖った舌先に這い回られると快感そのものが性器の表面を自在に動き回っているみたいだ。かと思えばざらついた前面で濃密に舐め上げられ、腹筋が、自分でそうとわかるほどぶるりとけいれんした。

「あ、や、あぁぁっ……！」

昼のねっとりした拘束で扱《しご》かれると、もうたまらなかった。触れたい衝動を持て余していたのは整だって同じだ。一顕の口の中で射精し、まだじゅうぶんに過敏なままの裸体を探られる。無愛想に突き出た脚のつけねの骨や膝の裏側、そして性器とその奥の間にごく短く張っている皮膚。

「ん、ぁ……」

左右の半身のちょうど合わせ目、貪欲《どんよく》に性交を味わう箇所《かしょ》を指がうかがう。たっぷりこぼした先走りでそこももう湿っている。

「あぁっ……あ、や」

浅い場所をくすぐり、前をなぞり上げる刺激で身体をだましながら異物はすこしずつ侵入を果たしていった。狭い内壁越しに内臓を押し上げ、道をつくる。少々時間が空いたからきついのは確かなのに、穿《うが》たれる粘膜は興奮して蹂躙《じゅうりん》を引き寄せようと身じろぎ始める。

「んん……」

「……もっとひらけ」

早く挿《い》れたい、と口では急《せ》いても一顕の指は慎重だった。絶対に傷つけられないという安心で内部が奔放《ほんぽう》な喘《あえ》ぎにふるえるまで、優しくずるく誘惑し、愛撫する。

なかの、いいところを肉の中に押し込もうとするみたいに強く圧をかけられると勝手に精液が噴き出すかと思う。

「だめ！　あ、ああっ……！」

ピンポイントでぐりぐり旋回する動きにそこはいよいよ収縮を激しくし、昂《たか》ぶりもうすい胸も余韻にしなる。その湾曲を手のひらで撫でてあやしてから、一顕は整の両脚を抱えた。

「あ！」

マッチの先を埋め込んだように熱い雄の欲望が整のなかに沈んでいく。その脈のありかさえ知ってしまう張り詰め方で、でもすべてつながってから押し込み、引きずり、発情と発情を密に擦り合わせればもっと大きく硬く燃え立つのを整は知っている。

「あー……」

ぴっちりと交合《こうごう》すると一顕が喉を反《そ》らして吐息をこぼす。

「これがしたかったー……」

あまりにもしみじみとした言いようがおかしい。

「正月の間、いっぱいできるよ」

「いや別にそれだけのために帰らないわけじゃ……半井さんがテレビ見られないし」

「つけたまますするか」

「やだよ……でも十年後くらいには普通にしてたりして」

「『あ、赤組勝ってる』みたいな?」

「そうそう、てか紅白かよ」

顔を見合わせ、ひでーな、と笑う。そんなセックスごめんだ、とはふしぎと思わない。ふたりですることなら。

でも今は、整に深く分け入って整の上で汗をにじませ、陶酔《とうすい》に耐える表情を見ているほうが絶対にいい。

「ああっ……!」

小刻みに揺すられるだけで、やわらかな場所は何か特別な薬で溶かされたように許容を深くし、次の瞬間には喉まで締まるかと思うほどの激しい収縮で異物を啜《すす》る。

「あ──」

一顕は短い声を落とし、それから立てさせた膝を整の胸に向かって大きく倒して、よりさらけ出された結合部を大きな幅で往復した。

「あっ、あ! あぁ──いや、やっ」

もっと、と同義の言葉を一顕は決して間違えない。熟《う》れた色合いをあらわにする孔をひらかせ、閉じさせ、相反する反応を予測のつかないリズムで起こさせてはその都度、肉の奥の奥から性感を引きずり出し、これでもかと整に突きつけてみせる。

「あっ、あ、あ──」

「は、っ……あ、いい——」

「うん……っ」

そして整も一顕を際限なく吸い上げ、絞《しぼ》り、うねる粘膜で抱きしめる。巻きつき合ったらせんの快楽は意識を飛び越え、どこか途方もなく遠くにまで自分たちを連れて行くような気がした。


大晦日の昼前。

ベッドにタブレットPCを持ち込み、寝そべった姿勢でその瞬間を待つ。一顕の手には輪ゴムで束ねた百枚の夢が握られている。もうすぐ抽《ちゅう》せんが行われ、その結果は速報としてサイトに配信される予定だった。

「番号って皆知ってんの？」

「並べてスキャンして共有ファイルに上げてる。全員がチェックしてるかどうかはわかんないけど」

「何だ……」

「何だって何すか」

ふたりきりだけど、身を乗り出して一顕に耳打ちした。

「三億当たってたら、俺とふたりでばっくれようぜ」

「悪いなー！」

「会社辞めて東京離れて、日本海側でひっそり暮らそう」

「何で日本海？」

「何となく」

実際、わけありの人間が紛《まぎ》れるなら東京の混沌《こんとん》がいちばんに決まってるけど。

「当たんないでしょ」

「当たんない前提の話だし」

「まーね、実行したら人として終わるし」

「そうそう」

「そんな大それたことはね、良心が」

「うんうん」

一顕はちょっと黙った。それからタブレットとくじをサイドテーブルに置き、がばっと整を抱き寄せた。

「……当たりてー！」

「正直でよろしい」

もぞもぞとシーツの中で本気じゃなくまさぐり合い、キスをする。

「……ん？　でも別に宝くじ当たんなくたって実現可能なんじゃ」

「えー、かたちある安心って大事じゃん。思い切れるっていうか――あ、もう出てるっぽい？」

運命の当せん番号、とくじを手分けして照らし合わせる。すぐ終わった。なぜなら億万長者にかすりもしなかったので。

「んー、これが現実っすね」

「萩原、それ貸して」

「ん？」

整は百枚を再びまとめると、両手で頭上にぱあっと放った。カラフルな夢見るチケットはひらひらとそこらじゅうに舞い落ちる。

「こら！」

「いっぺんやってみたかったんだよな、競馬場で外れ馬券ばらまいてるおっさんみたいなの」

「三百円当たってんのはあるんだから、ばらばらにすんなよ！」

「後で拾う拾う」

「ほんとかよ……」

言ったそばから、ベッドに散ったのを身体の下敷きにしてしまっているのだけれど、それは押し倒した人間が悪い。そして、小一時間後、後片づけどころか指一本動かせないくたくたのありさまになっていたとしても、それもやっぱり整の責任じゃないはず。

駆け落ちの夢はキャリーオーバー、たぶん休憩を挟みつつ服も着ないで新年を迎える。

よいお年を。

| Kazuaki × Sei |

MELLOW

LIFE GOES ON

RAIN

[futtara doshaburi] complete editon

LIFE GOES ON

元日の昼前、一顕《かずあき》の携帯が鳴った。

「会社の先輩だ」

「緊急事態?」

「新年早々はやだな……」

さりとて無視するわけにはいかないので「明けましておめでとうございます」の賀詞《がし》とともに応対する。整《せい》は、つけっぱなしだったテレビの音量を絞《しぼ》った。

「はい——はい……家ですけど、実家じゃなくて。え、そうなんですか? 大変ですね。ええ……え? はあ……」

仕事の用件ではなさそうだ。でも、一顕の顔には困惑が浮かんでいて、朗報《ろうほう》とも断じがたい。

「えー……すいません、三十分だけ考えさせてもらってもいいですか? またかけ直しますから——はい、はい、じゃあひとまず失礼します」

電話を切っても「んー」とひとりでうなっている。

「何だって?」

「や、あの、先輩が、奥さんと京都に泊まる予定してたんだって。でも奥さんインフルエンザで行けなくなっちゃったから、代わりに泊まらないかって。もし行くんならホテルに話はつけてくれるらしいけど」

「じゃあ行く」

整は即答した。

「えっ」

「え、何で？　別に予定なかったじゃん。行こうよ京都。俺、中学校の修学旅行以来だ」

「え、だって、今から一泊すよ？　そんで別に、おごってくれるわけじゃないんすよ？　キャンセル料が惜しいから宿泊権利だけを俺にバトンタッチしたいってことで――」

「わかってるよ、行きたい」

繁忙期《はんぼうき》の京都のホテルなんて、本来は相当前もって予約しておかないとまず取れない。その権利だけでもじゅうぶんに値打ちがあると思う。ほかの誰かに打診される前に早く返事をしろ、とせっついたら一顕は「まじで？」と繰り返しつつも電話をかけ、無事に宿泊権をゲットすることができた。

「じゃあ新幹線取らなきゃ……まあ下りのピーク終わってるし、大丈夫か」

「俺、いったんうちに帰って支度してくる」

「え、何でわざわざ？」

着替えにしろ身の回りのものにしろ、確かに大方は一顕の家に置いてある、が。

「京都って寒いらしいじゃん。厚手のコートに替えてくる」

「いやそんな変わんないすよ、市内だし」

「準備がしたいんだよ、旅感あるだろ？　ついでに待ち合わせしよう。新幹線の時間、後で教えて」

「いーけど……品川？　東京？」

「東京」

「旅っぽいから？」

「そう」

一顕の苦笑に見送られ、整は旅支度へ向かう。


東京駅の新幹線口は、それでも人でごった返していた。切符を発券していると背中をつかまれる。

「……同じコートじゃん」

「中に一枚増やすことにした」

「ところで京都行って何するんすか」

「え、別に考えてないけど」

「うん、そんな気してた」

「だって神社仏閣《じんじゃぶっかく》ってそんな興味ないし、どうせ混んでるだろ。適当に初詣《はつもうで》行ってみて、人多すぎたらやめるくらいの感じで」

「了解」

それって東京でこと足りるんじゃ、と思ったが、単純に整は「遠出」が嬉しそうだったので、一顕は少々の面倒くささを心の底にしまった。これまでの生活を考えると少なくとも五年以上、旅行とは無縁で過ごしてきたことになる。それ自体より、ひっそり閉じた世界を不自由だとも不自然だとも考えなかったに違いない整を、改めて痛々しく思った。降って湧いたたかが一泊をこんなに喜ぶなら、もっと早いうちに、泊まりがけでどこかに連れ出してやればよかった。

「はい」

窓側の切符を手渡しながら「もっと前から計画すればよかったすね」と言った。

「ん？」

「いや、せっかく休みなんだから、ちゃんとした旅行を」

「急だからいいんだよ」

と整は言った。

「ふらっとした感じで。たぶん、あんまちゃんと段取りされると、家でごろごろしてるほうがいいやってなる」

「わからんでもないけど」

難しい人だな。ホームに上がると、向かいの線路に雪の塊(かたまり)がごろごろしていた。

「東北新幹線かな」

「たぶん」

ここにはちらつきもしていないのに、電車で数時間走った先ではあんなに雪が積もっている、そう思うとかすかに旅情めいたものが起こってきて、日頃出張で乗り慣れた「のぞみ」が近づいてくるのを、身を乗り出して覗き込んだ。

「雪って金属っぽい味するよな」

「えー？　どっちかといえば土でしょ。泥くさいっていうか」

「金《かな》くさいよ」

「そうかなー。ま、二十年くらい前の記憶だし」

すると整は軽く宙を見て「十五年くらいだろ？」と言う。

「結構いい年まで食ってますね」

「きれいなとこのだけだよ、積もりたての」

何に対する弁解、と一顕は笑った。

清掃を待って車両に乗り込む。最前のシートだから足元には結構ゆとりがある。発車して、最初のうちこそ窓に張りついていた整は、新横浜、小田原《おだわら》、熱海《あたみ》と過ぎるとつまらなそうになった。

「トンネル茶畑トンネル茶畑……」

「静岡、横に広いすからね。それでも山陽《さんよう》よりは退屈じゃないと思うけど」

「ふーん」

風景に見切りをつけたらしく、構内で買った週刊誌をぱらぱらめくる。目次を見るなり軽く吹き出して「見てこれ」と身体を近づけた。

「なに」

「『首都直下型地震・死者十万人の恐怖!』と『五十代からのセックスライフ』って並んでんだよ。どっちだよ。死ぬんじゃねーのか」

「いざって時心残りのないように?」

「こう、会議とかで誰か『ねーわ』って言わないのかな」

「でも週刊誌、毎回何かしらその手の特集してるでしょ。おもにおっさん対象で」

「じゃあ俺も後学のために読んどこ」

「おい」

整はもっともらしい顔で記事に目を通し、「ハプバーとスワッピングのことしか書いてなかった」と報告してくれた。

「声がでけーよ……」

「あ、富士山」

再び外に顔を向け、うっすら雪を戴《いただ》いた姿に見入る。

「萩原《はぎわら》」

「ん？」

「今までどんな旅行してきた？」

「家族で？」

「歴代彼女と」

「そんなの知りたい？」

「うん、ふつーに」

「ふつーの旅行すよ。海外は行ってないな。学生の頃は旅先でもラブホばっかり泊まってた」

「えー」

「だってへたなビジホ泊まるより安いし、設備よかったりするし」

「へえ、賢いな」

「……半井《なからい》さんは？」

触れていいんだろうかと迷ったものの、訊かれたくないなら俺にも話振ってこないよなと緊張しながら尋ねた。だって、昔は彼女いたようなこと言ってたし。

「俺？　最悪」

最悪という割に、愉快そうな笑顔がグレーがかった群青色《ぐんじょういろ》した山肌と溶け合っている。

「大学ん時、つき合ってた子と山梨の温泉行ったことあるんだけど、現地で向こうが浮気してたの知っちゃって」

「うそっ」

「携帯ってやっぱ地雷だよな。充電器借りようと思ったんだ。あっちはまだ大浴場行ってて、コンセント差しっぱで、もう充電完了してたから。それで、コード抜く時、ぱって一瞬画面が明るくなるじゃん。送信ずみメールの画面が丸見えになって」

「怒った？」

「そりゃむかついたよ。だって相手の男、名前だけ知ってたけど、俺には『しつこくされて困ってる』みたいに言ってたんだもん。なのにメールの文面、超浮かれてんだよ。今でも覚えてるな、『今渋谷出たからもうすぐ着くねハートハートハート』！」

「はあ……」

結構な修羅場だと思うのだけれど、整の口調が軽いので悲壮感に乏《とぼ》しく、一顕もつい笑ってしまう。

「問い詰めた？」

「いやーもう、どうしてくれようこの女って思って、荷物まとめたよ。置き去りで帰るつもりだったんだ。でも……」

「あー、ついやっちゃったんだ」

「やってねーよ」

整は心外そうに顔をしかめる。だって男って、いかなる場面でも基本性欲には負ける生き物だし。

「すでに夜十一時回ってて、東京に帰る手段がなかったんだよ。連休の中日《なかび》だったからほかの宿も取れっこなかったし、かっこつけて出てったところで自分が困るなって気づいた。さすがに女締め出すわけにいかないだろ」

「冷静すね」

「目の前にいないからどんどん頭冷えちゃって。何で俺は腹を立ててたんだろう？って考えた」

「騙《だま》されてたからでしょ」

わかりきってる。

「そう。でも、自分をないがしろにされてむかついてるけど、彼女を好きだから怒ってるのとイコールじゃないなって気づいた。あ、実はそんなに好きじゃないのかも？って思ったら、すーって心が落ち着いて、まあ旅行の後すぐ別れたけど、揉《も》めもせず淡々とって感じ。メールのこと言わなかったし。その時にはもう、わざわざ言うほどでもないレベルの出来事」

「そういうもんかな」

「学生時代ってすぐくっついたり別れたりするから」

窓に額をくっつけてつぶやいた。

「すっごい楽だよな、いっそ気持ちいいよね、『あ、好きじゃない』って気づく瞬間は。解き放たれた感じ。俺の人生にこいついらないや、って軽やかになる」

「……こわ」

「え？」

「まじもう心臓が縮むんだけど、そんなことさらっと言われたら」

「何で」

「いやわかるでしょ、俺もいつか『あ』って気づかれたらどうしようかと思うじゃん」

「そんなのお互いさまだし」

「やー、俺、半井さんみたく思いきれない」

「俺ってそんなつめたい？」

「つめたいっていうんじゃないけど……独特じゃないすか。半井さん見てると、俺ってほんと平凡な男だなって思う」

「どーこが」

本気の感想なのに、軽くいなされてしまった。そして針が振れるようにこてんと一顕の肩に頭をもたせかけ「昔の話だし」と言う。

「昔っていうか、何かもう、別人の思い出みたい。前世かな？」

「んなバカな」

「でもそんな感じ」

「わかるけど」

昔の自分に、男と恋愛するなんて教えても絶対信じないだろうし。でもここに確かに整はいて、これがふたりの現実で、ふたりの人生だ――今のところ。

いつの間にか車窓に富士山の姿はない。新幹線は浜松《はままつ》、豊橋《とよはし》、三河安城《みかわあんじょう》、名古屋、と走る。その進みと呼吸を合わせるように短い日は傾いていった。山の稜線《りょうせん》が夕陽に照り映《は》え、整が「すごいな」と目を細める。

「西に向かってるから――夕焼けに突っ込んでくみたいだ」

「うん」

一顕はこんな景色を、初めて見たわけじゃないと思う。でもそんなふうに感じたことはなかった。夕暮れの光にかすかにふるえて伏せられる整のまつげが、一顕にしか聞こえないその声が、オレンジ色に取り囲まれた今を特別にする。

あんなきっかけじゃなくても、あんな経緯《けいい》じゃなくても、最終的に俺はこの人を好きになってたんじゃないかな。子どもっぽい一途《いちず》さや子どもっぽい残酷さに惹《ひ》かれて。

口にはしなかったけれど、それは悪くない仮定だった。

一顕が言ったとおり、体感気温は東京と変わりない。京都駅から電車に乗り、四条《しじょう》のホテルに着いた。一見マンションかと思うほどシンプルな造りで、仰々《ぎょうぎょう》しくないこぢんまりとした清潔さは整の好きな雰囲気だった。

「先輩ってセンスいいな」

「そーすね。あした、忘れずに土産買ってかないと。伊勢丹《いせたん》にしか売ってないの頼まれてるから」

コートを脱ぎ、備えつけのカプセル式マシンでコーヒーを淹《い》れてひと息ついていたりするともう夕食どきだった。

「晩めしどうします？」

「心当たりある？」

「やー、一日《ついたち》だからなー。開いてないと思う」

じゃあもうここでいいや、とホテルのレストランに赴《おもむ》いた。

「なーんか京都感ないすね。東京と変わんない」

「新幹線から五重の塔も京都タワーも見たじゃん」

「そんだけでいいんだ」

「うん」

ちょっとしたバーもついていたけれど、せっかくだから散策しようか、と食後は外に出てみた。一杯飲める場所が見つかればよし、なければコンビニで適当に買い込んで部屋飲みでも構わない。知らない土地を、ゆるい目的で漂《ただよ》い歩くのは楽しい。

「部屋のミニバー全部飲むっていうのは？」

一顕が言った。缶ビールに、ウイスキーや焼酎《しょうちゅう》のままごとみたいなボトル。ホテル料金で割高なそれらを消費すると結構な出費だろう。

「大盤振る舞い」

「正月だし」

そう、二日酔いになってチェックアウトまで部屋で伸びているのも自由だ。ささやかなぜいたくに整はどんどんわくわくしてくる。

「あ、でも見て」

一顕の指差した先、町家《まちや》というべきか町家風というべきかいちげんにはわからないけれど、木造の建物があり、笠のついた電球の灯《あか》りが何らかの店舗であると教えている。近づくと、辺りが暗いので、フィラメントの輝きがはっきり見えた。

「飲み屋っぽい、すね」

「入ってみようか」

「うん」

引き戸を開けると中はいい感じに古びたカウンターのバーだった。

「空《あ》いてますか？」

「どうぞー。明けましておめでとうございますー」

カウンターの内側から、西の抑揚《よくよう》であいさつが返ってくる。新鮮だ。でも「ちょっとひねりのきいた飲み屋やってる三十代の男」って、ドレスコードでもあるのかと思うほど雰囲気共通してんな、と思った。Tシャツだったりニットキャップだったり眼鏡だったり。

店の奥の壁面はそのままスクリーン代わりで、古い外国のアニメが流れていた。常連らしいなじみ方をした数人の男女が、それを見るともなしに見ながら関西弁で談笑している。ビールを二杯と、ちょっと目先の変わったものが飲みたくなってホットバタードラムを頼んだ。

「あ、うまい」

「まじで？　俺もそれにすればよかった」

一顕はホットウイスキーをすすっている。シナモンスティックをすぐにグラスから上げてしまったのを見て、マスターが「すいません」と言った。

「シナモン、お嫌いでした？」

「ちょっと苦手ですね」

「男の人ってだめですよねえ、匂いのもん」

猫とねずみの、チーズを巡る攻防に飽きたのだろうか。スツール三つぶんの距離から女が話しかけてきた。一顕は愛想よく返す。

「そうですね、ハーブ系も苦手」

「ミントは？　グラスホッパーて飲んだことあります？」

「あー、歯磨《はみが》き粉《こ》飲んでるみたいな？」

「そうそう——どっから来はったん？」

「東京」

「観光？」

「一応。でもノープランで。おすすめある？」

「地元の人間ほどそんなん知らんで。ガイドブックとか見たら逆に勉強なるもん」

「ああ、そうかも」

「東京の人かってスカイツリーそんな興味ないでしょ」

「ないない」

やっぱり、と笑ってから一顕の隣にいる整を覗き込み「お友達？」と尋ねる。

「うん」

すると女の隣の男が「カップルやったりして」と茶化した。不躾《ぶしつけ》ではあるがほどよく酒が回っての冗談だと口調や表情からすぐに察せられたので整は気にせず、反応もしなかった。

でも一顕がさらっと「はい」と認める。

「そうです」

素直すぎる肯定もまた冗談と受け止められ、その場にちいさな笑いが起こった。気まずさに笑うしかない、という空気ではなく、だから特に慌てもせず熱い酒を飲み干し、満足したので店を後にした。

「びっくりした」

「ごめん、いやだった？」

「違うけど、あっさり言うから」

「いや……酔っ払ってんのかな？　別にいいやみたいな。どうせ二度と会わないんだし……旅って怖いな」

「怖い怖い」

俺も酔ったかな、と思う。むしょうに愉《たの》しくて心臓が小刻みに揺れる。光も音も少ない元日の空気は澄み、大きく息を吸い込めば肺も夜空の色に染まりそうだった。ガラスのナイフを凍らせたような風に頬をなぶられぎゅっと目を閉じた。

「さっむ！」

「やっぱ夜は冷えるな……」

腹の中はアルコールでじんじん温かだけど、顔と耳の痛みには届かない。びゅうびゅうコートの裾《すそ》をはためかせる風に、とうとう笑いがこみ上げてくる。

「何で寒い時って笑っちゃうんだろう」

「笑うしかないからでしょ」

「ああ、そんな感じ」

すっかり冷えきってホテルの部屋に戻り、まずは風呂だとふたりして洗面所に服を脱ぎ散らかした。最初の冷水を浴びないようシャワーヘッドの位置を調節し、レバーをひねる。まったく他意はなかった。

「つめたっ！」

「あ、ごめん」

ハンドシャワーでなく、頭上から降り注ぐレインシャワーを操作してしまったらしく、天井に点々と空《あ》いた穴の真下にいた一顕がもろに浴びた。やけに余裕ある造りのバスルームだと思ったら、なるほどこのスペースが取られていたわけだ。

「罰ゲームか！」

「ごめんごめん、すぐお湯になるからさ」

「ていうかわざとですよね」

「違う違う」

「笑ってんじゃねーか」

一顗の肌に弾《はじ》かれて飛んでくるしずくが適温になったのを確かめてから、整もその超局地的な雨の下に入った。

「あったかー」

「うわむかつく」

あっためろ、と腕を取られて腕の中へ。半径五十センチの、湯気立つスコールの中でくちづけると、息苦しさに煽《あお》られる。呼吸を継ぐため離しても口の中に湯が入ってくるからまた塞《ふさ》ぐ。唾液《だえき》も何もかも舐《な》め合う。そのうち普通に溺《おぼ》れそう、と思いながら離れられない心はとっくにどっぷり耽溺《たんでき》している。肌を打つ雨、流れる雨、髪や鼻先からしたたる雨。

「ん……っ」

脚の間に一顗の片脚がぐっと割り込んでくる。一瞬擦られた性器より、尾《び》てい骨《こつ》から滑らされた指先が触れた後ろの刺激で喉《のど》が鳴った。ローションはないから、温度でもってじわじわと血や肉をゆるませていく。

ごく浅いところを押し揉《も》むような指の動き。まだ気持ちよくはない、けれど意図を持って探られているのを身体は抜かりなく察知し、指では届かない奥から官能をもたらしてくる。角度を変えて繰り返されるキスで、口から溜まる発情もどんどん下肢《かし》を侵食《しんしょく》した。一顗の背中にすがりつきながら、大腿《だいたい》に浅ましくすりつけてしまう。神経が特別な芽を吹かせれば、ただの水滴さえ全身を嬲《なぶ》ってくるように感じられた。

暑いし熱いし息苦しいしもっと触ってほしいし、という身体の過敏と裏腹に意識は水蒸気に曇《くも》ったのかぼんやりしてきて、一顕がシャワーを止めてくれた時はほっとした。

ガラス張りのバスルームはベッド側にも引き戸がついていて、脱衣所を経由せずとも直行できる構造になっていた。

「……便利つか、やらしー部屋だな」

濡れた身体を拭《ぬぐ》いもせず、まっさらのベッドに整を横たえて一顕がつぶやいた。

「部屋じゃなくて俺たちだって」

「それもそうか」

素直に納得すると、まとわりつくシーツを剥《は》がして整の膝をひらかせる。欲情した一顕の視線が音叉《おんさ》のように整の羞恥《しゅうち》と響き合い、性交のひそやかな気配はどんどん部屋中に増幅した。

「あ……っ！」

体内との境目をあっけなく越えた舌が、生温かいぬるみで行き来する。指で軽く慣らされていたところはたちまちざわめいて悦《よろこ》び、それを直情に性器へと伝えた。

「んっ――あ、あぁっ」

膨《ふく》らむ前と、窪《くぼ》む後ろ。とても近いけれど別種の性感に悶《もだ》えるふたつの箇所《かしょ》を口唇《こうしん》と舌が気まぐれに愛撫した。濡れた弾力が内壁をまっすぐ穿《うが》ったかと思えば、しなる器官の裏側を舐め上げて先端を吸う。舌の柔軟が伝染したようになかがとろけてうねると、すかさず指が、容赦《ようしゃ》ない長さで挿し入れられた。

「や、あ……っん……！」

昂《たか》ぶりの先が透明なしずくを浮かべると、それをすくって絡《から》みつく指のせいで、下半身が立てる卑猥《ひわい》な音はより重奏的になった。両手と舌はどこまでも器用に聡《さと》く、整を感じさせる。濡れたままの肌は湯冷めどころか新しい湯気を昇らせそうだった。水とは違うしたたりがシーツののりを溶かしていく。

「あっ、あ……萩原、っ」

途切れた言葉の先を一顥はちゃんと知っている。

「いきそう？　……いいよ」

「ああ……っ、あ、やだ……」

「何で、ほら」

「あ、あぁっ……！」

内側から快感のありかを激しく摩擦され、次の瞬間には腹の上に白濁《はくだく》が散っている。射精を人にコントロールされるのは不安で怖い。だからこそ、その背徳《はいとく》に病《や》みつきになってしまう。

「ん、あっ」

うすい皮膚を張り詰めさせた乳首を甘噛《あまが》みされた。いったばかりの、鎮静《ちんせい》していない身体にはとげのようなきつい刺激だった。なのに整は気持ちいい。突起《とっき》に爪先《つめさき》を引っ掛けられながら、もう何をくわえこむのも抵抗なさそうな粘膜《ねんまく》をかき回されると足の小指まで硬直させて喘《あえ》いだ。

「ああ、っ、あ、やぁ……!」

鎖骨《さこつ》から下に、乳首と同じ色のうっ血《けつ》を落としながら一顕が入ってくる。水を飲むようにスムーズな挿入にもっとおののいてもいいはずなのに、骨に抱かれた心臓が鳴らす動悸《どうき》はひたすら歓喜を訴えている。

「んん、あ……っ」

交合する時、一顕の瞳には不安がよぎる。少々強引に進めてくる場合にだって変わらなかった。

いいのか、大丈夫なのか、という、本人も気づいていないかもしれない怯《おび》え。愉悦《ゆえつ》で我を忘れる度合いによってそれは不規則に明滅《めいめつ》し、やがて情欲に塗りつぶされてしまう。その儚《はかな》い光を整は愛している。強さより弱さのほうがいとおしいに決まっている。

そして髪の毛一本一本までぞくぞくするほど興奮するのだった。いつだって。

「あ、あっ、ああっ!」

ひくひく喘ぐ輪を充《み》たしたものがすぐさま粘膜を逆撫《さかな》でる。繰り返す。押し込まれるのは一顕の欲望で、引きずり出されるのは整の欲望で。ぴったり等分だと、絡み合う肌はわかっている。整を前後に揺さぶりながら洩らす荒く乱れた息遣いを聞いているだけで、耳から脳から陶《とう》然《ぜん》となった。

「……何かさ、」

律動を小刻みに変えて、一顕が覗き込んでくる。しかめっつらに近い苦笑は射精をこらえている時の、整の好きな表情で、普段は考えもしないのに、これを見た女が複数存在すると思うと猛烈な怒りを覚えたりもする。

その場では気持ちいいから後回しにして、終わってしまえばそんなこと言ったたってしょうがねーじゃんと自分に呆れ、要は存分に理性のたがをゆるめて堪能《たんのう》しているということなのだろう。

「……なに？」

「どこ行ったたってやることとって一緒だなと思った」

「いや？」

「ううん。……安心する」

「びびらせんなよ」

汗の伝う頬をぺちぺち叩く。

「飽きてきたのかと思うじゃん」

「飽きてない」

その手を一顕は強く握った。

「あと何回抱けるかなって思ってる。あと何回めし食うのかなとか、あと何回桜見るのかなって考えるのとおんなじように。そんで、一回終わったら、一回減ったって寂しくなるよ」

「……わかる」

幸せなんだ、と思った。ひとりなら向き合わずにすむ人生の有限を、その絶対を思い知らされる痛みさえ。

ありがとう、と整は言った。一顕は「何だそれ」と笑う。たぶん、整しか見たことのない貌《かお》で。

「あ――あっ、あ……！」

いちだんと密《みつ》になった質量が奥へ奥へといきたがる。整は何だって、どこまでだってゆるす。充溢《じゅういつ》の果てで弾けたものに最後の一滴までそそがれることも。


それから、一顕の提案どおりにミニバーのアルコールをだらだら制覇《せいは》して朝はゆっくり起き、朝食時間内ぎりぎりでレストランに飛び込んで慌ただしく食べてから、初詣に出かける。近所で大きな神社、とフロントにアバウトな質問をすると「八坂《やさか》神社ですね」と教えてくれた。

人出があるにはあったが、急ぎの用事もないし、流れに任せて進むだけなのでそう苦にはならなかった。特に神頼みも思いつかないまま賽銭《さいせん》を放り込んで手を合わせ、おみくじを引く。

「小吉……萩原は？」

「中吉。の割に、そんないいこと書いてないけど」

「納得いくまで引き直したくなるよな」

「それじゃ意味ないって」

「ところでおみくじの順番って、どう？　『大、中、小、吉、末、凶？』」

「え、『大、中、小、末、吉』でなく？　ていうか半吉とかなかった？」

「うそ、知らない」

細く折りたたんだ紙をどこにも結びつけず、持ち帰ることにした。かといって几帳面《きちょうめん》に保管するわけもなく、春先にコートをクリーニングに出そうとしてふっとポケットを探ったら見つかって、ああ、と改めて家のごみ箱に捨てるだけの話には違いない。でもその、「行ってたな」と記憶がよみがえる一瞬は胸が甘苦しい。忘れた頃に発掘される映画の半券とかレシートとか――。

「そうだ。あのさ、前に行ったじゃん、公園の中にあるちっさい美術館」

「うん」

「チケット買って、半券ってどうした？」

ミシン目もなく、本当にびりっとちぎられただけの。一顕はすこし考え込む。

「どうしたっけ。すぐ捨てたかな？　俺、手の中に握ってると何でもすぐくしゃくしゃにしちゃうから」

「そっか」

「え、まずかった？」

「んーん」

整はかぶりを振る。

「俺だってどうしたのかなんて覚えてないし。もう忘れてることがあるって、むしろ安心した」

「そう？」

「うん。……くしゃくしゃにしちゃうって、かわいいな」

正確には、一顕の口から出る「くしゃくしゃ」という語感がかわいい。

「かわいくねーよ。会社に出す領収書でもたまにやっちゃうもん」

人混みの中で、短い間だけ手をつないだ。

「ずっとこうしてたら、くしゃくしゃにせずにすむのにな」

「名案」

じゃあずっとつないでるつもりでいる、と、鳥居を見上げて一顕は力を込めた。


結局観光らしい観光もせずチェックアウトの時間を迎え、伊勢丹をぶらついて帰りの新幹線に乗った。実にあっけない旅だった。車内にはまだ続く正月の、のどかな期間限定ムードが満ちている。

「……こうして帰って、またあしたも休みだと思ったらすげー幸せ」

嬉しげ、というよりいっそ神妙な面持《おもも》ちで一顕は言った。子どもみたいに素直な言葉に、うん、と整も頷く。

あしたは何をしよう?

ゆうべの憂《ゆう》うつさったらなかった。長期休みが明ける前はいつも気持ちがローだけど、年末年始ずっと整と一緒だったから、今年の沈み込みはひとしおだ。来年——いやもう今年か、俺はちゃんと実家に帰んのかな。そんな気の早いことを考えている。GWのカレンダーってどんな感じだったっけ、とか。あっという間に過ぎるものを待って、惜しんで、きっとまたそんな一年だろう。

肌に触れるシャツの、硬さつめたさがやけに懐かしい。新品のスティフナーを襟《えり》の下に挿《さ》し込む。うすい銀色に支えられ、ほんのすこし気持ちがしゃんとした。整もそうであったらいい。

玄関を出る時、大きな砂粒が落ちているのに気づいた。あの日行った神社の砂利《じゃり》のひとかけかもしれない。つま先でそっと掃き出して、一顕は会社に向かう。

右手はまだ、整のかたちを覚えていて、そこにない手を握ってたわむ。

LOVE GOES ON

総務部の業務、というものに整《せい》はおおむね満足している。でもひとつだけ、どうしても嫌いなことがあった。嫌いというより、恐怖に近い。

「……きょう、午後から行かなきゃだから」

ベッドでつぶやいた整の暗い声で、一顕《かずあき》にも用事の見当はついたらしい。

「土曜日なのに大変すね」

言葉と、頭を撫でる手で労《ねぎら》い「誰?」と尋ねる。

「メディア戦略部の部長」

「そっか、俺知らない人だな。……雨降るらしいから、傘忘れないで」

「うん」


一顕のマンションから家に戻ると、クローゼットの一番奥、クリーニング屋のビニールをまとったままの喪服を引っ張り出した。黒ネクタイを締めると首に縄でもつけられた気分だ。社内で故人《こじん》が出ると、通夜《つや》告別式の手伝いに出向かなければならない。そう大した仕事があるわけでもないが、あの空気がたまらない。

　自分が両親をどんなふうに送ったのか、記憶が断片的にしか残っていない。それでも読経《どきょう》が聞こえると未《いま》だに足からすっと冷えて血の気《け》が引く。新入社員の頃は「真っ青だよ」と逆に心配されることすらあった。今は、それに比べればだいぶ慣れはした。数珠《じゅず》やら喪章《もしょう》を葬儀用の黒いかばんに入れて家を出る。

　亡くなった部長はもう五十を過ぎていたはずで、ずいぶん早い死には違いないが、いくぶん気楽ではあった。これが二十代や三十代の男で、ちいさな子どもが泣きじゃくっていたりすると心底見ていられない。

　セレモニーホールで葬儀会社のスタッフと段取りを打ち合わせ、未亡人に死亡退職金の受け取りや税金の手続きなどを淡々と説明した。弔問《ちょうもん》の受付が始まるころ、一顕が言ったとおりに雨がぱらついてくる。

「半井《なからい》くんごめん、今手空《あ》いてる？」

「はい」

「施設管理の栗原《くりはら》次長わかる？　今駅に着いたらしいんだけど、傘持ってないんだって」

「わかりました、お迎えに上がります」

「ごめんね」

　すこしでも外の空気を吸えるほうがありがたい。ホールで借りた傘を携《たずさ》えて駅に向かうと、何人もの弔問客《ちょうもんきゃく》とすれ違う。覚えのある顔も、ぽつぽつとあった。天気が悪いので黒い喪服は保護色みたいになり、首から上だけが傘の下でいくつも浮かび上がっている眺めは、少々気味が悪い。

「──と、つき合ってたよねー」

「まじで？　あたし、あの子のほうかと思ってた。去年異動してきた……残業合わせたりしてたじゃん」

「あー、でもバレバレすぎて逆に本命じゃなかった感じしない？」

「つか、どんだけ手ぇ出してたんだっていう」

そんな会話が耳に入ってきた。ちょっとは声を潜《ひそ》めろよ。まさか、きょうの主役（と言っていいのかどうか）のゴシップじゃないだろうな。会場で口を噤《つぐ》む程度の常識はあると信じたい。

「お待たせしました」

「ああ、ごめんごめん」

売店じゃ売り切れててねえ、というかたちばかりの言い訳に内心でけちくさいなと毒づいた。改札を出て、横断歩道ひとつ渡ればコンビニがある。この用事のためにビニール傘を一本買うのは不経済だと考えたに違いない。

「しかし、急な話でびっくりしたよ。まだ若いのにねえ」

「そうですね」

「……ま、多方面に頑張ってる人だったからな。人望がありすぎるのも良し悪《あ》しだ」

含みのある口調。やはりさっきの女子社員たちは、故人のうわさをしていたようだ。しかし整には関係のない話なので、これが彼の妻の耳に入らず、穏便にセレモニーが終わることだけを願った。


ホールに戻ると、若い女が受付で何やら手間取っていた。「だって」とか「非常識」という諍《いさか》いの声も聞こえ、まじ修羅場かよついていてねえ、と早くも疲労を覚えつつさりげなく近づく。

「どうかしました？」

「あ、半井くん」

記帳の担当をしていた年上の女性社員が腹立たしさと困惑をまぜこぜに浮かべている。

「見てよ、この子の爪」

筆ペンを持ったまままぶすっとふてくされているのは、去年入ってきた新人だった。部署は違うが、家賃補助の手続きをしたので覚えている。母親にでも借りたのか、すこし型の古い喪服をいかにも居心地悪そうに着ていた。

「……ああ」

しかも派手なピンクのネイルに、ごてごてとチップやストーンまでついている。日常生活を送る上で不便はないのか、と心配になる過剰さだ。

「あなたね、何考えてるの。お通夜の場にその爪はないでしょう」

「そんなこと言われたってしょうがないじゃないですか。いつ亡くなるかなんてわかんないのに」

と新人は勝ち気に反論する。

「あした、朝イチで親友の結婚式なんです。それでネイル行った後で連絡回ってきたんですよ？　これ、一万円かかってるのに、全部取ってもらって、お通夜終わったらまたやり直してもらえって言うんですか？　それってお金出してくれるんですか？　急に予約なんか取れないし……」

主張に同情できる部分はある。ただでさえ結婚式は物入りだし、大枚はたいて誂《あつら》えた爪を、ろくに知らない上司のためにリセットしたくはないだろう。要は言い方なんだよな、と思う。立ち回りが未熟なのだ。もうちょっとしおらしく「どうすればいいんでしょう」と指示を仰《あお》ぐふりだけでもすればいいのに、はなから開き直ってくるからますますひんしゅくを買う。

「こういう時って、今までどうしてましたっけ？」

空気を緩和《かんわ》させるため、意識してやわらかく尋ねた。

「ベージュのマニキュア、上から塗ってもらってたけど」

「え、やだそんなの……」

「いい加減にしなさいよ、ＴＰＯもわからないの？　そもそもそんな派手なメイクしてくるなんて」

「顔にまで文句言われるんですか？　ならもう帰りたいんですけど」

うわー何だよこれめんどくせえな。とりなす言葉を必死に探していると「よかったらどうぞ」と穏やかな声がした。

振り返ると、差し出されたのは黒い手袋だ。

「あ――」

確か秘書課の、同期。化粧っ気のない顔にうっすらと笑みをたたえていて、そうそういつもこんな表情の人、と思い出す。

「お焼香《しょうこう》の時だけは取らないとだめですけど、ないよりましでしょう？」

さっきまで毛を逆立《さかだ》てた猫状態だった新人は、優しい口調にたちまち耳をぺわんと垂《た》らし「ストーンで引っ掛けちゃうかも」とおずおず言った。何で最初からその態度が取れないかな。実は男より女のほうが美人に従順なのかもしれない。

「いいのよ、予備の安物だし。ほら、こっちが高級品」

細い指を包んだ、繊細《せんさい》な黒レースの手袋を見せる。

「じゃあ……お借りします」

「どうぞ。冠婚葬祭って、急なことも多くていろいろ大変だけど、社会人にはつきものだからすこしずつ覚えていきましょうね」

「はい」

跳ねっ返りを見事に手なずけ、流麗な文字で記帳すると「お疲れさまです」と丁寧に会釈《えしゃく》して会場に入って行った。

「はー……やっぱり秘書課で仕込まれた子は違うよね。すべてがエレガントだわー」

「貫禄《かんろく》ありますよね」

「貫禄って失礼な。わかるけどね。喪服が板についてるっていうか……男の人ってああいうの、ぐっとくるんじゃないの」

不謹慎ですよ、と軽口を流して持ち場に戻る。やがて来客が落ち着くと会場に入って式の次第を見守った。長い焼香の列が連なっている。

俺も今のうちにしとこうか、と思ったが、親族席で、杖《つえ》をついた老人がよろよろと立ち上がったので慌てて介添えに回った。

「お手洗いですか？　こちらへ――」

身体を支えながら何気なく焼香台に目をやると、ちょうどさっきの同期の番だった。

遺影を見つめ、そっと手袋を外す。

――……え？

毒々しいほどぬらぬら赤い爪があらわになり、整は声を上げそうになる。あまりにも場に不似合いな、一点落ちた血のような真紅。

「本命」って、もしかして——ぐっと喉奥《のどおく》に力を込めて抑え込み、彼女の横顔を見つめた。何の感情も窺えない。

ついうっかり、なわけがない。しかしこれを、悪意と取っていいのか。あてつけ？　怒り？　存在の誇示《こじ》？　でも楚々《そそ》とした佇《たたず》まいは生々しい男女の関係をみじんも匂わせない。だからこそ指先の赤は、整の目を強烈に射たのだった。

そのままお手本のように淀《よど》みない所作で焼香をすませ、また手袋をつけて喪主《もしゅ》へと一礼する。ずっとすすり泣いたままの妻は、爪の色には気づかなかったようだ。列から逸《そ》れる一瞬、確かに視線が合ったと思ったが、向こうは眉ひとつ動かさない。

すみません、と葬儀会社のスタッフが中腰でやってきた。

「私どもでご案内致しますので」

「あ、ではお願いします」

老人を任せ、整は少し迷ったが、ホールの傘立てから一本持ち出して外へ出た。

「濡れるよ」

名前がとっさに出てこなくて、率直に呼びかけると彼女は振り向いた。

「……傘、使ってください」

「ありがとう」

悠然とほほ笑む。

「でもいいわ。番号札をもらうのを忘れて、どれが自分のだかわからなくなったの。だから置いてきたんです」

「ビニール傘なんてどれもおんなじだよ。誰かのと入れ替わってもどうってことない」

「そんなわけない」

雨が黒髪を打ち、白い頬を伝った。初めて、喪服の下で揺らめく何かを垣間見《かいまみ》たような気がした。

「どれもおんなじなんてわけがない。自分のじゃないものはいらない」

「わかった……じゃあ、気をつけて」

どうやら引き留めたところで、互いが無駄に濡れるだけだ。ならおとなしく引き下がるべきだろう。

整は背中を向けた。すると「半井くん」と呼ばれた。名前を認知されていたことに驚いて、振り返る。

「よかった」

「何が」

「だって半井くんって、葬儀のお手伝いに行くたび、自分が死にそうな顔してたでしょう」

不意打ちに、否定ができない。

「でも最近はそうじゃないから、よかったと思ったの——お疲れさまでした」

深々と頭を下げ、彼女は歩き出した。ローヒールのにぶい足音が雨音に紛《まぎ》れる。


清め塩と挨拶状の入った紙袋は、弔問客に対してひとつ余った。整はそれが誰のぶんだか知っていたが、言わなかった。お見送りを終えて解散すると、一顕から『半井さんち行っててい い?』とメールが入っている。『うん』と短く返信した。


傘は廊下に立てかけておく。扉の前で塩の封を切り、両肩に軽く振りかけて払う。鍵を挿《さ》し込んで扉を開けると一顕はすぐ目の前に立っていた。

「おかえり」

「ただいま」

段差の分だけ背伸びがちに抱きしめると「冷えてんね」と言われた。

「風呂、入れますよ」

「萩原《はぎわら》」

「ん?」

「くしゃくしゃにして」

「え?」

「間違えた、めちゃくちゃにして」

「それもびっくりするよ。……何かあった?」

「後で話す」

腕にぎゅうぎゅう力を入れて、身体の隙間を殺していく。

「……大丈夫?」

「うん、悪い話じゃないんだ」

そうだ、よかったって言ってくれた。「最近はそうじゃないから」って、それは一顕が傍《そば》にいてくれてよかったという意味だ。何も知らなくても、初めて他人に認められたようで整は嬉しかった。ひとり暗がりに消えた彼女がこれからどこに向かうのかはわからないけれど、いつかは雨がやむことを祈ろう。

唇の間で、塩がひと粒、たちまち溶けて消えた。

| Kazuaki×Sei |

その他掌篇2

MELLOW RAIN

[futtara doshaburi] complete editon

ミッドサマー

サラリーマンもだいぶ板についてきたので、スーツ、という堅苦しく機能性にかけるユニフォームにもずいぶん慣れた。それでも夏の——特に今年の——数ヵ月は堪《こた》える。建物や乗り物の中では快適だったとしても、駅まで歩く数分、あるいは駅のホームから改札を出る前の数分で全身が茹《ゆ》でられ、服の中にじっとりと熱気を溜め込まなければならない。

家に向かう電車に乗っている時、そんなＬＩＮＥが、整《せい》から届いた。

『きょう、俺のこと無視しただろ』

『うそ、してない』

『した。エントランスんとこで、目が合ったのにささって逃げた』

量販店《りょうはんてん》での売り場展開の交渉が終わり、報告書を作るため帰社《きしゃ》した時のことだろう。確かに、エレベーターホールに整がいて、一顕《かずあき》は「お疲れさまです」と軽い会釈《えしゃく》だけで急いでエレベーターに乗り込んだ。しかし、あっちもレンタルグリーンの業者と一緒で、ばかでかい観葉植物の入れ替えに立ち会っている最中だったし、断じて無視したわけではない。

『あいさつしたじゃん』

『何か、やべって顔してた。俺がいたらまずいみたいな』

妙に鋭いんだよな、と思いつつ『汗かいてたから』と送る。

『電車、人身事故で止まったから、ふた駅歩いて汗だくになってた』

傍目《はため》にも見苦しいだろうから、なるべく早く立ち去りたかったのは事実だ。

『え、そんなことで？　バカだな』

整の返信にすこしむっとして『半井《なからい》さんはいいよ』と入力した。

『内勤だから涼しげでいられて』

『俺が楽な仕事してるって言いたいわけ？』

『違うよ！』

むさ苦しい姿なんて極力お見せしたくないじゃないか。人と会う営業だから、身だしなみを保つのは最低限の仕事だ。夏場は替えのワイシャツや下着を二セット会社に常備するし、ハンカチも予備を持って、デオドラントシートや制汗剤《せいかんざい》も欠かさない。忙しくても週に四日はシャワーですませず湯船に浸《つ》かって汗をかくようにしている、それらささやかな努力にまで「バカだな」と言われた気がして、とげのある言葉で返してしまった。整はその後沈黙して、一顧もフォローに迷ったので、また後でいいや、と棚上げにした。きょうも歩くだけで陽炎《かげろう》と一体化してしまいそうな猛暑日だったので、だいぶ頭も煮えて疲れている。すっきり汗を流して落ち着くまでは何も考えたくない。

帰宅してぬるめの湯を溜め、頭と全身を洗ってからゆっくりバスタブに沈む。ペットボトルの水を飲みながら、いつも最低三十分はふやけている。防水ケースに入れたタブレットで仕事をしたり動画を見たりで、退屈はしない。日中、スーツの下でかく汗はあんなに不快なのに、風呂の中で頬やこめかみを流れ落ちる汗は気持ちいいのがふしぎだ。

最後にまたシャワーを浴びてから脱衣所に出ると、テレビの音が聞こえる。入浴中に整が来ていたようだ。一顕は身体を拭《ふ》こうとして、バスタオルのストックが棚にないのに気づいた。乾燥機の熱を取るため、室内用のタオル干しにかけていたんだった。「半井さん」と呼びかけると、いつもと変わらない声で「なに」と返ってきて、ちょっと悔しいけどほっとする。

「ごめん、バスタオル取って。そのへんに干してあるやつ、どれでもいいから」

「わかった」

脱衣所の引き戸を開け、バスタオル手に整が入ってくる。サラリーマンモードからスーツの上着とネクタイを差し引いただけの格好で、こっちは濡れた全裸なのが妙に気恥ずかしい。

「ありがとう」

「うん」

タオルを手渡すと、整はまだ素肌に湯気をまとう一顕に近づいていきなり二の腕をべろっと舐《な》めた。犬や猫が、初めて会った仲間に、様子見がてらあいさつする時みたいな動物っぽい仕草だった。

「わっ。な、何すか」

「しょっぱくない」

「え？」

「風呂上がる時、シャワーで流した？」

「うん」

「さらさらの汗はそのままかいてたほうがいいらしいよ」

「て言われても」

感覚的に洗い流してしまいたくなる。一顕が眉根を寄せると、整は「何だその顔」と笑ってタオルで頭をがしがし拭いた。

「総務の女子が、きょう萩原《はぎわら》の話してた」

「え、どんな？　——あ、やっぱいいや、言わないで」

「何で」

「悪口だったらへこむから」

「だったら、俺がそのまま伝えるわけないだろ。萩原さんは真夏でも全然暑苦しくない、颯爽《さっそう》としてる、だって。嬉しい？」

最後の問いには、嫉妬とまでは言い切れない微妙なニュアンスが含まれていた。ひょっとしてこのせいで機嫌を損ねた結果、あのＬＩＮＥのやり取りになったのかもしれない。

「いやー……」

暑苦しい、よりは全然いいんだけど。どうしてだろう、努力が実ったと喜んでいいはずなのにこれはこれで「人の気も知らないで」という気持ちになるのは。

「颯爽としてるわけないじゃん、だくだくのどろどろのでろでろだよ」

「そこまで言う?」

もうご機嫌は直っているのか、整はますます笑う。

「だって、俺が男だから? 男って基本的にくさくて汚いって先入観が抜けないし。高校ん時の、夏場の更衣室のにおいとか、もう地獄」

「女子更衣室にはシーブリーズ系の霧が立ち込めてるらしいよ」

「そっちのほうが断然いい——何でそんなこと知ってんの」

「昔誰かに聞いた。もう忘れちゃった」

澄ました顔でとぼける整こそ、暑苦しさのかけらもないと思う。まだ濡れてるけど、怒られるかな。いいや、かわいいから。整をぎゅっと抱きしめても、拒《こば》まれなかった。自分の水分が整の服をしっとり湿らせるのがわかる。整の髪を指で探ると、甘い水のにおいが漂った。

「あれ。雨、降ってた?」

「ううん」

「そっか、じゃあ、半井さんのにおいだ」

耳の上の生《は》え際《ぎわ》に唇を押し当ててつぶやくと、整は急に腕を突っ張って離れようとした。

「ん？」

「俺も、風呂入る」

「いいよ、そのままで」

ぎゅうと力を込めて抱きすくめ、洗面台に整を押しつける。

「だめだよ……内勤だって汗かいてんだよ」

「知ってる」

「さっき、男は汚くてくさいって言ってただろ」

「もう忘れちゃった」

「こら——あ……っ」

首すじを吸い上げると、途端に腕の中の身体はふにゃっと頼りなくなってしまう。

「やだ、自分だけきれいな身体になっといて」

「じゃあ、一緒に汚れよう。そんで、一緒に風呂入ろう」

「あ——」

そうだ、セックスの時の汗も、いやじゃない。どしゃぶりの雨に遭《あ》ったほどに濡れてしまったとしても。


（初出：ディアプラス文庫「ふったらどしゃぶり When it rains, it pours 完全版」購入者特典ペーパー／２０１８年９月）

ふってもふっても

駅のホームがぎゅうぎゅうに混み合っていて、これは何かあったなと思ったら案《あん》の定《じょう》、架線《かせん》トラブルとかで大幅に遅延が発生していた。

「まじか、ついてねーなー」

思わずぼやくと、整《せい》は「出よっか」と言った。ふだん、乗り換えにしか使わない駅だった。何の土地勘もないまま改札を出て、何となく目についた居酒屋で飲んで、結構おいしかったのでふたりともいい気分になり、駅からさらに遠ざかってぶらぶらと散歩した。ちいさな町工場が入り組んで建つ一角に差しかかると、ひと気《け》のなさが却って楽しく、奥へ奥へと足が向いた。等間隔《とうかんかく》に建つ街灯以外に明かりもない道は、ひとりだとさすがにちゅうちょするところだが、ふたり一緒なので警戒心より好奇心に従って歩ける。

「夢の中で迷子になってるみたい」

整が言う。

「そんな夢見ます？」

「たまに。萩原《はぎわら》は見ない？」

「遅刻の夢なら」

「疲れてんなあ、リーマンは」

「そう。たまーにこうやってデートするくらいしか癒《い》やしがない」

「よく言うよ」

苦笑とともに鼻先にくっつけられる鼻先は、アルコールのせいかほんのり温かく、きゅっと手を引き寄せると、酔いをさますようなしずくが、ぽたっと頭のてっぺんに落ちてきた。

「――あれ」

「なに？」

「いや……」

気のせいかな、とも思ったが、空を仰《あお》ぐと駅を出た時点では輝いていた月がすっかり雲に覆《おお》われていた。

「雨だ」

口に出すとまたぽつり、今度は耳を打ち、ぽたぽた、ぱたぱた、ばたばた、と瞬《また》く間に勢いを増す。

「うわ、とことんついてねー」

調子に乗って駅から遠ざかってしまったし、あたりにはコンビニも見当たらないし、殺風景《さっぷうけい》な工場には雨宿りできる軒先《のきさき》もない。とにかく小走りで雨を避けられそうな場所を探すと、ぽつんと佇《たたず》む長方形の箱が目に入った。透明で、最近はなかなか見かけないもの。折り戸のゴムをべりっと剥《は》がすようにして開けると、整を先に押し込んでから中に入る。雨音が急に遠くなる。

「……せま」

電話ボックスってこんなに狭かったっけ、とグレーの電話機を抱え込むようにして整が苦笑する。外の肌寒さから一転、少々蒸し暑いが、我慢するしかなさそうだ。

「基本、ひとり用だから」

「ていうか最後に電話ボックスなんか入ったのがいつだったか覚えてない。公衆電話でさえ全然使わないし」

一顕《かずあき》は、割と最近公衆電話を使ったのだが、出た相手は整じゃなかったし、言わないでおく。

「最近の子どもは使い方わかんないらしいすね」

「まじで？　ああ、でもそっか、へたすりゃ固定電話もないんだもんな。謎の機械だよな」

「こうやってボックスになってるとますます怪しいっすよね」

「確かに」

整の指が、透明な壁をなぞる。いつ貼られたのか定かではない、テレクラのチラシが下半分ちぎれた状態で残っている。この電話番号は今も生きているのだろうか。

「……あ、ひょっとしてこれも謎のカードになるのかな？」

四角い電話機の上に残されていたテレホンカードを整が拾い上げた。

「うわ、懐かし。親が持ってた。QUOカードかと思うのかも」

「しかもこれ、『ホールインワン達成記念』て書いてある。個人で作ったやつだよ」

だいぶ褪《あ》せて印刷がかすれてしまっているが、確かにゴルフをしている男の写真だった。整は何を思ったか、今や無駄にでかくて重たそうに見える受話器を上げると、ぷつぷつとちいさな穴の空いているそれを、挿入口《そうにゅうぐち》から差し込んだ。かすかな機械音とともに吸い込まれ、「03」と赤い表示が点《とも》る。

「あ、まだ生きてる」

「何やってんすか」

「ほっとくと勝手に鳴り出しそうだから、こっちからかける」

怖いことを言うと、迷いのない手つきでプッシュボタンを押す。銀色の突起からは黒い数字も消えそうで、指で押されるたびかこっと音を立てた。十一回プッシュされると、一顕の携帯が鳴り出す。

「俺かよ!」

「ちゃんと電話番号覚えてる俺、すごくない? あ、あっち向いて取って。電話だから」

何でだよ、と言いつつきゅうくつながらに苦労して身体をひねり、整と背中合わせになって通話をタップする。

「びびるから先に言っといて」

「俺がかける先なんか、萩原しかないだろ」

「いや、そのチラシとか」

「もしつながっちゃったら何しゃべるんだよ」

狭い空間に、整の生の声、機械を通した声、その反響、が二重にも三重にも波紋を作って耳が軽く混乱する。

「で、俺とは何しゃべるんすか」

「せっかく電話だし、悩み相談とかしてよ」

「せっかくの意味がわかんないけど……あしたからの会社がつらいっす」

「しょうがない」

「雨降っててどこにも行けません」

「しょうがない」

「答える気ねーじゃん」

「だってそれただの愚痴《ぐち》だろ」

愚痴と悩みって別物かな、とふと思う。かつてメールで延々と吐き出していたあれは、壮大な愚痴ではなかったのか。

「愚痴と悩みってどう違う?」

「言ってすっきりしたいのが愚痴で、解消したいのが悩み」

「なるほど」

じゃあやっぱり悩みか。思ってもみない、そして解消といっていいのかわからないけど、とにかく一顕はあの苦しさをもう抱《かか》えていない。毎日身軽で生まれ変わったように楽しい、というわけでもなく、日々を送っている。でも一顕の世界は、確かに変わったのだ。背中にぴったりくっついている背中によって。

「で、お悩みは?」

「ないよ」

一顕は言った。

「半井《なからい》さんといて幸せだから、何もない——ありがとう、好きだよ」

「何それつまんない」

整の答えはそっけなかったが、一顕が無理やり振り返ると、後ろ姿なのに照れているのが何となくわかった。

「半井さん」

「……つーか、電話は、ずるい、だろ。微妙に声違うから、びくってなった……」

「そっちがかけたくせに」

もう、大概《たいがい》くっついているのだけれど、片手で抱きしめる。受話器を当てていない整の、赤い耳たぶ越しに、雨のしずくがいくつも宙に浮かんで見える。整のうなじにくちづけた時、こぼれた息の重みを受け止めたように、そのうちのひとつが水の線になって流れ落ちた。やがてゼロを迎えようとするテレホンカードがピーピーと警告する。もうすぐ回線は強制終了し、使い切られたカードが吐き出されれば、ここを出て行くだろう。雨はまだやまないけれど、濡れたって平気なのだと、ふたりとも知っている。

（初出：単行本「メロウレイン」購入者特典ペーパー／２０１８年10月）

STAY HERE

そういえばわかったんですよね、と一顕《かずあき》が言った。

「気球の場所」

「なんの話だっけ?」

整《せい》が尋ねると、眉根を寄せてため息をついた。

「これだよ……」

「うそうそ、覚えてるよちゃんと、眼科の気球だろ?」

「半井《なからい》さんて、絶妙に薄情そうな感じが似合うから、冗談に聞こえない」

これは悪口? それともひねくれた褒《ほ》め方? いずれにしても整はちゃんと覚えていた。当たり前だ、自分で口走ったのだから。著《いちじる》しく情緒不安定な夜の世迷言《よまいごと》だったので恥ずかしいし、それを一顕が記憶していたことも恥ずかしい、でも、あの時点でどうなる予感もなかったはずなのに、寝言に等しい駄々をちゃんと覚えていてくれたのが嬉しい。

「眼球の屈折率《くっせつりつ》とか見るんだって」

「ふーん、よくわかんないけど」

「で、あの道路と気球はどっちも写真だけど合成で、道路は、アリゾナのどっか」

アリゾナ、という地名を口の中で転がしてみる。生まれて初めて発音したんじゃないだろうか。

「……なんか、ぽいな」

現地を知らないし、行ったこともないし、何なら地図上の位置すら曖昧《あいまい》なのに、あの道がアリゾナ、と思うととてもしっくりきた。

「原野《げんや》感が、そんな気しますよね」

と一顕も言う。

「アリゾナって何がある？」

「えーと……グランドキャニオン？　ラスベガスは隣か」

「よし、じゃあ行こっか」

「えっ」

「俺、飛行機なら乗れるし」

だとしても、現地では車移動必至だし、でまかせに過ぎないのだが、一顕は「俺、飛行機やだなー」と案外まじめに弱った声を出す。

「そうなの？」

「乗れって言われたら乗るけど、閉塞感《へいそくかん》が嫌い。目的地に着くまで絶対降りられないんだって思うと息苦しくなってくる。電車とか車だと、何とでもなるじゃないですか。別に実行しなくても、安心する」

「萩原《はぎわら》らしいね」

「そう？　いや、ほんとに、乗れますよ、恐怖症とかじゃなくて、気が進まないってだけ。まじでアリゾナ行きたいんならいいすよ」

「なにむきになってんだよ」

整は笑った。

「なってねーし……つか、気球の景色を探せ！　とかバラエティの企画みたい」

「いくらでもありそうだしな」

シーツの中でごろりと寝返りを打ち、一顕に向き直ると、言った。

「ここにいればいい、って思えばいいんだよ」

「え？」

「どこにも行けないって思うから苦しいんだろ、発想を変えるだけ。ここにいて、待ってればいいんだって。楽じゃん」

「……ああ」

そんなに深い意図があって言ったわけじゃない、でも、一顕は「そっか」とつぶやいて整を抱き寄せた。

「雨宿りみたいなもんか」

「うん」

今みたいに。雨音がやまないから、ここにいる。ここにいていい。ここにいてくれ。

ここにいてくれなきゃいやだ。

（初出：ディアプラス文庫「ふったらどしゃぶり When it rains, it pours 完全版」発売記念こばなし／２０１８年９月）

陽の当たる大通り

五階建ての商業ビルの最上階にあるカフェに入ると、窓に面したカウンター席からは敷地の中庭が見下ろせた。眺めのよさを謳《うた》う店は大抵高層からのパノラマビューや夜景を売りにするけれど、神さまみたいな視点より、このほどよい高さは却って新鮮でいいかもしれないと思った。生活の実感が近い。行き交う人は豆粒じゃないし、噴水のしぶきも、その周りでパンや菓子のおこぼれを狙っててんてんしている鳩《はと》やすずめもよく見える。

「萩原《はぎわら》、あれ見て」

横並びでコーヒーを飲んでいる一顕《かずあき》に話しかけた。ガラスの向こうを指差す。いちょうの木が黄葉《こうよう》を始めている。陽射しの下、梢《こずえ》のてっぺんは全体が王冠《おうかん》みたいに金色に光っていた。

「ん？」

「上の方から色変わるんだな」

「ほんとだ。下の方と全然違う」

高木の葉の色は地上に近づくにつれ金色から黄緑、マスカット色に微妙に変化している。そういえば、いちょうの全景をこんなふうに視界に収めるのも珍しいかもしれない。歩道からだと頂点は見えないし、そもそもありふれた街路樹だからしげしげ観察するという発想にならない。

「やっぱ変わる時って、普通は頭からなのかな」

整は言った。

「どういう意味？」

「そのまんま」

色変わりは頭から、心変わりも頭から。それが本来の順序なのかと。でも一顕はあっさり言った。

「単純に陽当たりの問題でしょ」

「それもそうか」

「俺たち、雨降ってたし。頭からじゃなくてもしょうがない」

なにそれ、と整は笑う。

「何でも雨のせいだな」

「違う違う」

「何だよ」

「雨のおかげ」

整は、雨に当たらない生活だった。それは、陽に当たらない生活でもあったのだと気づく。部屋と会社の往復で、自分から閉じこもって。でも、だからこそ、一顕に惹かれたのだと思う。

「もう行く？」

「うん」

昼の時間はだいぶ短くなったけれど、暗くなるまでにはまだまだ間がある。きょうは明るいところをたくさん歩きたい、と整は思った。目的はなくていい。ただ、隣に並んでとりとめなく足の向くままに。疲れも知らずに軽く。一顕の肩に、いちょうの葉がひらりと落ちてきてくっついたけど、言わないでおく。陽の当たる場所でたくさん過ごし、夜になったらすこし色が変わっていたら楽しいと思うから。

夜になるまでに、整がまた、もっと一顕を好きになっているように。


（初出：単行本「メロウレイン」発売記念こばなし／２０１８年10月）

シグナル

「革命だよ」

足立《あだち》は言った。

「ほんと、革命が起こったよね……」

「そんなに素晴らしかったんだ」

ビールジョッキ片手に整《せい》が乗っかると「まじで！」とさらに力説《りきせつ》する。

「ふたりとも行ったほうがいい！　ＶＲの個室ビデオ店！」

「声がでけーよ」

一顆《かずあき》は顔をしかめ「そんな話するために飲みに誘ったのかよ」と突っ込んだ。

「え、会社で話してもいい？」

「やめろ」

「ほーんとよかったから！　九十分二千円で夢の世界だよ～」

「俺、個室ビデオ店自体に行ったことないんだけど、漫喫《まんきつ》みたいな感じなんだよね？」

「そうそう、ブースが並んでてお高いとこはマッサージチェアとかついてんの」

「そこに、ＶＲゴーグルつけた男がみっちり詰め込まれてる図って想像したらなんかすごいな」

「あー、ゲスの極みマトリックスって感じはするよね！」

「考えたくねー……」

妻子持ちの同僚は、それからもヴァーチャルリアリティで鑑賞するアダルトＤＶＤを熱心に布教《ふきょう》してきた。

「もーね、臨場感が桁《けた》外れ。だって自分が横向いてもそこにいるんだよ？　すごくない？　もう平面の動画になんか戻れない！　弊社《へいしゃ》ももっとＶＲ関係に力入れてくべき、ソフトもハードも」

「家庭用普及したら家で観《み》られるし？」

「いや、没頭《ぼっとう》するからやばい、視界ゼロだし、嫁はまだしも娘に見られたら切腹《せっぷく》案件でしょ」

「てか、どんなにリアルでも触れないいんなら却って空《むな》しくね？」

「ああ、ついつい両手動いちゃうよね、ないってわかってんのに」

と足立は空中でやわらかいものを揉《も》む仕草をした。

「３Ｄ映画でスクリーンに手ぇ伸ばすお子さまと変わんねーな……」

「でも、それも再現可能になるんじゃない？」

整が言った。

「感覚って要は電気信号だし、脳に刺激与えて錯覚《さっかく》させればいい話で」

「あー、匂いとか味とか、できるらしいもんね、未来感ハンパない」

未来感っていうか、終末感じゃないのか、と一顕はちょっと思った。現実は脳が見せている像に過ぎないと割り切って利用してしまえば、仮想も何もない、本当と嘘の境界が無意味で、すべては等しくまぼろし。考えてみたら怖い。

「じゃ、行ってきてね！　こっから近いから、宝島24！」

「だから声がでけーよ」


店の前で足立と別れて歩き出すと、整がこらえきれなくなったように笑いをこぼした。

「なに？」

「さっき、足立くんが店名叫んだ時、何人かびくってしてる男いたから、ほんとに人気なんだなあって」

「え、気づかなかった」

「考えごとしてたもんな、萩原《はぎわら》」

「んー、ちょっと……」

怖くなって、と言おうとして、思い直した。

「——……寂しくなって」

見えている感じ、聞こえている感じ、触れている感じ、さえあれば満たされて、生身の身体と心のほうが邪魔になるような、そんな世界が。もし昔の自分にそういう選択肢があったとして、飛びついただろうか。これでやっと、触れられない焦燥《しょうそう》から解放されると。……絶対ないって、言い切れないな。

「え、あの下ネタに寂しくなる要素あった？」

「うっすらと」

「えー」

スーツの袖口《そでぐち》のボタンに整の爪がこつこつ当たる。ん、と視線をやるとうすく唇をほどく。

「行ってみる？　宝島」

「え、半井《なからい》さん行きてーの？」

「ゴーグルつけてエアおっぱい揉んでる萩原は見たいかも。でもそういう使い方する店じゃないんだよな」

「当たり前だよ……半井さんはずるいなー」

「何が」

「エアおっぱいとか言っても全然下ネタ感ないから。さらさらしてる」

「褒《ほ》めてる？」

「逆よりよくない？　てかそんな間抜け極まりない光景見てどうすんの」

「いや、かわいいと思う」

「ねーよ……」

「かわいいよ」

整の指が、顎《あご》の下をするりと撫でた。雑踏《ざっとう》の中、ものの数秒のあやうい接触は誰にも見咎《みとが》められない。冷房のきつい店で、凍ったジョッキを持っていたせいかつめたかった。脳に、電気が走る。今の今までさらさらしていた整の目がとろっと潤《うる》んでいる。くらげみたいに透き通っていたら、身体の奥でちかちか灯《とも》るものがきっと見える。ネオンよりささやかに、強烈に。そして自分の中にも同じ信号が。これと同じ感覚を自在に体験できるのだと言われても、一顕は「違う」と言い張るだろう。俺をこんなふうにするのは、生きて、息をして、しゃべって、目の前に存在しているこの人だけだ。ああ、触りたいな。

「人混みでスイッチ入れんのやめてもらえます？」

「何の話？」

整はとぼけて、「早く帰ろう」と足取りを早める。

「でも確かに俺も、半井さんがＶＲしてるとこは見たいかも」

「想像すんなよ、怒るぞ」

「なにその理不尽」

信号を、点滅させ、呼応《こおう》させながら、ふたりだけの現実へ急ぐ。


（初出：イベント配布ペーパー／２０１９年８月）

AFTERWORD

満ちゆく日々・上（あとがきにかえて）

―一穂ミチ―

一顕《かずあき》の家には、整《せい》と共有で使うカレンダーがある。サイズはA3、一カ月ごとの仕様で、書き込めるメモ欄《らん》が三つに分かれているのが便利でいい。ひとつには一顕の予定、もうひとつは整の予定、最後はマンションの消火設備点検やごみ出しスケジュールなどの生活に関する備忘《びぼう》録《ろく》と使い分けている。

冷蔵庫の側《そば》の壁に掛け、湯が沸くまでとかレンジの温めが終わるまでとか、ささやかな隙間時間にお互いが書き込むようにしている。スマホのカレンダーアプリを共有する方が手軽で確実なのだけれど、多少の抜けや漏れも含めて、アナログさが気に入っていた。一顕が「給料日」と書き込めば整が矢印を伸ばして「俺も」と書いたり、整が「冷蔵庫にすいか入ってる」と書き込めば一顕が「うまかった」と書いたり、各々《おのおの》のスケジュールと他愛《たわい》ない交換日記みたいなやり取りが、互いの筆跡で残っているのが楽しい。ちいさな喧嘩をした翌朝に「ゆうべはごめん」とこっそり書き残したり。

ひと月が終わると、めくって後ろに送る。ちぎり取って捨てたりはしない。日めくりって寂しい、と整が言ったから。

――どんどん痩《や》せてって、時間が削《けず》り取られてるみたいなさ。

――まあでも、実際そうじゃん？

一日一日減って、取り戻せない。

――お前はそういうやつだよ。

――え、待って待って。

拗《す》ねられた結果、ふたりであれこれ吟味《ぎんみ》してこのカレンダーに落ち着いた――ああ、もう一年経《た》つのか。あっという間だったな、とありきたりな感慨は、整と一緒に過ごすようになってからすこし性質が変わったように思う。前よりもっと切実で、もっと名残惜《なごりお》しく、もっと慈《いつく》しみたくなる。こんなふうに。

「こん時行った店ってどこだっけ？」

「えと、代々木《よよぎ》じゃなかった？　足立《あだち》が教えてくれた和フレンチ。半井《なからい》さん、これ何の絵？」

「覚えてないけど、何かがめちゃくちゃうまくて興奮したんだと思う」

「肉？　魚？」

「俺に訊くなよ」

「ほかに誰に訊くんだよ……なかなかの絵心っすね」

「だって壁に押しつけて描くの難しいだろ！　てか、一月に行ったきりなの、何で？」

「駅から遠くて不便だったから」

「えーでももっかい行きたい、よし、来年絶対行こう。一月中に行こう」

「来月ね。予約取らないと」

「で、今度は萩原《はぎわら》が何か絵描けよ」

「何でだよ」

「来年は俺が『これ何の絵？』って訊いてやる」

「別にいいけど」

過ぎた日々の暦《こよみ》をめくる。そこに残された自分の書き込みを見れば記憶は甦《よみがえ》るのに、自分じゃない誰かの記録を見ているようなふしぎな距離感だった。幸せそうだな、とくすぐったくなる。宝くじが当たったり出世したり、そんな華々しい出来事はひとつもないのに、確かに幸せだったことがわかる。

「こういうのが何百年とか残ったら古文書《こもんじょ》になるんだろうな」

一顕はつぶやいた。

「そん時には、今の日本語って残ってんのかな？」

「難しいかも。俺たちだって旧仮名遣《きゅうかなづか》いの文章とか読めないし」

「儚《はかな》いな」

整の指がそっと紙を撫で、その仕草にどきりとしたことは、カレンダーに記《しる》されない一顕の秘密だ。

「もし、後世の賢《かしこ》いやつが頑張って解読してくれたらどうしよう」

整はまじめな顔で言った。

「どうしようって?」

「こんなどうでもいいことばっかで申し訳ないじゃん。がっかりすんだろうな……」

「半井さんの絵が高度な暗号として残されるから大丈夫だよ」

「お前、まじで絶対来月描けよ」

「ちなみに、俺美術『5』だったし」

「いつの話だよ」

言葉も生活も社会も変化した遠い遠い未来。そこに一顕の子孫はきっといない。整も。でも、縁もゆかりもない誰かがこれを見て、読み解いてくれたら、幸せだったことだけは何となく伝わるんじゃないかと思う。

一顕にはそれが、むしょうに嬉しい。

＊＊＊　＊＊＊　＊＊＊

上巻お読みくださりありがとうございました！　下巻も楽しんでいただけますように。

一穂ミチ

この本を読んでのご意見、ご感想などをお寄せください。
一穂ミチ先生・竹美家らら先生へのはげましのおたよりもお待ちしております。

〒113-0024　東京都文京区西片2-19-18　新書館
[編集部へのご意見・ご感想] ディアプラス文庫編集部「メロウレイン完全版 上」係
[先生方へのおたより] ディアプラス文庫編集部気付　○○先生

-初出-
アフターレイン：フルール文庫「ふったらどしゃぶり When it rains, it pours」
刊行記念サイン会おみやげ小冊子（2013年）
秋雨前線：同人誌「秋雨前線」（2013年）
その他掌篇１：各話文末に記載
ハートがかえらない：同人誌「ハートがかえらない」（2013年）
LIFE GOES ON：同人誌「LIFE GOES ON」（2014年）
その他掌篇２　：各話文末に記載
＊この作品は小社発行のディアプラス文庫
「ふったらどしゃぶり When it rains, it pours完全版」（2018年）の番外続篇です。

[めろうれいんかんぜんばん　じょう]
メロウレイン完全版　上

著者：**一穂ミチ** いちほ・みち

初版発行：2025年1月25日

発行所：株式会社 新書館
[編集] 〒113-0024
東京都文京区西片2-19-18　電話（03）3811-2631
[営業] 〒174-0043
東京都板橋区坂下1-22-14　電話（03）5970-3840
[URL] https://www.shinshokan.co.jp/

印刷・製本：株式会社 光邦

ISBN978-4-403-52618-3

一穂ミチ
竹美家らら
NOVEL：MICHI ICHIHO
illustration : lala takemiya

下

メロウレイン

mellow rain
complete editon
the second volume
完全版

［メロウレイン　完全版・下］

「ふったらどしゃぶり
When it rains,
it pours」
総集篇文庫化
!!

単行本版刊行時の販促SSや、
スピンオフ「ナイトガーデン」の
短篇も収録した完全版。

【収録作品】
「恋をする／恋をした」「泡と光」「ひかりのにおい」「ひかりのはる」
「恋をした／恋をしている「甘い香り」「Yummy,Gummi」その他掌篇3（和章×柊）

ディアプラス文庫／SHINSHOKAN